Das geflügelte Auge, wird üblicherweise als Späher eingesetzt. Der Austausch mit seinem Beschwörer findet ausschließlich über Gedankenbilder statt.

AF190616

Das Böse sieht alles

Ein Horror-Thriller
von Karlheinz Huber

BoD-Impressum

Bibliografische Information der Deutschen
Nationalbibliothek:
Die Deutsche Nationalbibliothek verzeichnet diese
Publikation in der Deutschen Nationalbibliografie;
Detaillierte bibliografische Daten sind im Internet
über
http://dnb.dnb.de abrufbar.
Autor:
Karlheinz Huber
Oppauer Straße 98
67069 Ludwigshafen
Kontakt:
huberskarl@gmx.de
leseecke@huberskarl.de
www.huberskarl.de
Lektorat: Monika Nothof
Bilder: KI Canva, KI Image Creator
Ver 1.1
Auflage 1 © 2024 Karlheinz Huber
Verlag: BoD · Books on Demand GmbH,
In de Tarpen 42, 22848 Norderstedt, bod@bod.de
Druck: Libri Plureos GmbH, Friedensallee 273,
22763 Hamburg
ISBN: 978-3-7693-2630-7

VORWORT

Nach den beliebten Horror-Kurzgeschichten Teil 1 bis 3 habe ich mich dazu entschlossen, einen eigenständigen Roman im Genre Horror zu verfassen und zu veröffentlichen. Die Entwicklung - oder der Verfall - der Protagonisten steht im Vordergrund, gepaart mit jeder Menge blutiger Sauerei und einer Prise Science-Fiction.
Obwohl? - Womöglich ist alles schon längst Realität!

Personen und Handlungen des Romans entsprangen ausschließlich meiner lebhaften Fantasie. Ähnlichkeiten mit lebenden oder toten Personen sind rein zufällig und nicht beabsichtigt.

PROLOG

Mike rannte durch die spärlich beleuchtete Kopfsteinpflasterstraße. Umzudrehen traute er sich nicht, er spürte seinen Verfolger. Verzweifelt sah er sich nach Hilfe um - vergeblich, er war alleine. Zu beiden Seiten der Straße ragte eine uralte Mauer in die Höhe, deren Ende sich in der Dunkelheit verlor. Immer weiter trieb ihn die Flucht, bis das Unvermeidliche passierte: er stolperte. Geistesgegenwärtig drehte er sich im Fallen auf den Rücken und zog den Kopf ein. Mit den Schulterblättern schlug er auf dem steinharten Pflaster auf.

Sein Verfolger, das fliegende Auge, landete auf einer dahingeschiedenen Straßenlaterne und glotzte auf ihn herab.

„Scheiß-Vieh!", schrie er, ballte die Faust und hob seinen Arm, bis der einsetzende Schmerz in seinem Kopf explodierte und die Schwärze über ihn kam.

„Mike, ich warte", flüsterte jemand.

Benommen kroch er auf allen vieren zur Steinmauer und lehnte sich dagegen.

Erleichtert atmete er auf, die Kälte tat gut. Langsam kehrte etwas Klarheit in seinen Schädel zurück. Sein Verfolger fiel ihm ein. Ruckartig bewegte er den Kopf nach oben. Das fliegende Auge war verschwunden. Erleichtert atmete er aus und checkte seinen Körper.

„Nichts gebrochen", flüsterte er.

Stöhnend erhob er sich, fiel zurück und schaffte es beim dritten Anlauf.

„Mike, hierher."

Seine Nackenhaare stellten sich. Niemand war zu sehen, nur sein keuchender Atem, und der wiederholte Ruf seines Namens war zu hören. Langsam setzte er sich in Bewegung, die Hand an der Steinmauer. Zum Geräusch seiner Schritte gesellte sich Flügelschlagen… und seine Ahnung wurde Realität. Zu seiner Linken durchbrach ein rostiges Eisentor die Mauer, auf deren höchster Spitze der Gotongie saß.

„Was willst du von mir?", schrie Mike und wartete vergeblich auf eine Antwort. Tief durchatmend lief er zum Tor, umklammerte den Griff, ignorierte das Quietschen und öffnete es.

„Mike, hier."

Der Vollmond erhellte nur spärlich die Umgebung.

„Grabsteine - ein Friedhof, was tue ich hier?", flüsterte er und sah sich um.

„Das weißt du nicht?", lachte jemand zu seiner Linken. Mikes Kopf fuhr herum und er sah einen Mann auf einer Bank sitzen, der ihn freundlich anlächelte. Je näher er der Person kam, desto mehr Details offenbarten sich ihm. Er trug einen weißen Kittel, und ein Stethoskop hing um seinen Hals. Aus seiner Brusttasche ragte ein Skalpell, ein blutiges Skalpell. Im Mondlicht erkannte er Blutflecken in allen Größen auf dem Arztkittel.

Einen Aufschrei unterdrückend, sah er sich die Gestalt genauer an. Die harten Gesichtszüge, das verschmitzte Lächeln und der außergewöhnliche Haarschnitt kamen ihm bekannt vor.

„Wer sind Sie?"

„Das ist nicht die Frage, die dich quält."

„Wer bin ich?", stöhnte Mike und folgte dem ausgestreckten Arm des vermeintlichen Arztes mit seinem Blick.

„Dort findest du die Antwort."

„Aber...", erwiderte Mike und drehte sich zurück, doch der Weißkittel war verschwunden.

Er hielt den Atem an, alles in ihm sträubte sich, weiterzugehen. Der Schrei einer Nachteule ließ ihn erzittern. Tief luftholend sah er sich um. Durch die Äste der Bäume spendete der Vollmond nur spärliches Licht. Bodennebel pulsierte über den Grabsteinen. Sämtliche Haare sträubten sich beim Flügelschlag seines zum Beobachter mutierten Verfolgers.

Widerwillig drehte er den Kopf zum unliebsamen Geräusch und erstarrte.

„Was...? Aber...?", stotterte er und schaute fassungslos auf den immer weiter anwachsenden Schwarm fliegender Augen. Die Äste der Bäume ächzten und knackten unter der Last der Gotongies, aber sie hielten. Mikes Puls wetteiferte mit seinem Blutdruck. Der Weg zurück zum Tor war versperrt, ihm blieb keine Wahl. Langsam setzte er einen Fuß vor den nächsten. Uralte Gräber säumten seinen Weg, und das Knistern des Kieses begleitete ihn bis zum Ende des Weges. Vor einem frisch aufgehäuften Grab, in dem die Schaufeln der

Totengräber steckten, blieb er stehen. Der Nebel zog sich etwas zurück und legte das armselige Holzkreuz am Kopfende des Grabes frei.

„Mike", las er den Namen laut vor.

Kleine Erdklumpen verselbstständigten sich und kullerten vom Hügel. Immer mehr Erde bewegte sich, bis eine blutverschmierte Hand ins Freie ragte. Mike, zur Bewegungslosigkeit verdammt, stieß einen lautlosen Schrei aus. Eine zweite Hand grub sich aus dem Erdhaufen, gefolgt von zwei halbverwesten Armen. Immer weiter befreite sich die Gestalt aus dem Erdhügel, bis sich eine fürchterlich entstellte Leiche erhob. Hunderte Käfer und Würmer fielen zu Boden. Die Gestalt streckte sich und drehte den Kopf zu Mike, der sie fasziniert anstarrte. Die leeren Augenhöhlen wurden von dicken schwarzen Käfern gefüllt. Maden schlängelten sich in der Mundhöhle, die sich immer weiter öffnete.

„Willst du leben?", krochen die Worte aus dem zungenlosen Mund der Leiche. Mike lief langsam auf den Toten zu und flüsterte: „Ja, ich will." Weinend umarmte er die Leiche.

„Jetzt hast du deine Seele an den Teufel verkauft", lachte eine Stimme aus dem Hintergrund, Beifall klatschend.

Mike hob den Kopf und sah dem Weißkittel direkt ins Gesicht. Zwei Hörner wuchsen aus seiner Stirn, untermalt von höhnischem Gelächter.

Schreiend wachte Mike auf.

„Ein Traum, nur ein Traum!", schrie er.

Unter Aufbietung aller Kräfte schlug er sich ins Gesicht, bis ihn ein Hustenanfall stoppte. Nach Luft japsend und schweißgebadet lag er in seinem Bett und starrte zur Decke.

„Scheiß-Unfall", fluchte er und schlug auf die Matratze. Langsam beruhigte sich sein Kreislauf und er fand zur Normalität zurück.

„Habe ich wirklich meine Seele an den Teufel verkauft?", flüsterte er.

ERSTER TEIL

ENTSCHEIDUNG

Will ich das?, überlegte Niobe.

Erinnerungen schoben sich in den Vordergrund ihrer Gedanken. Ihre Karriere begann als Green-Hat-Hacker. Sie hatte Talent und schaffte es viel zu schnell, sich einen vorderen Platz unter den Gleichgesinnten zu sichern. Angebote gab es genug, aber sie wollte ihren eigenen Weg finden. Das Problem war das definierte Ziel, das es bisher in ihrem Leben nie gab. Als Anonymous anfragte, geriet sie ins Wanken. Spätestens an dieser Stelle wurde ihr bewusst, dass sie jetzt endgültig am Scheideweg ihrer Zukunft stand. Schwarz oder weiß, das war die Frage, die es zu beantworten galt. Entscheidungen zu finden war aber nicht unbedingt eine ihrer Stärken.

Natürlich verdiente man als Black-Hat-Hacker erheblich mehr Kohle als bei den Guten. Es lief auf eine Gewissensfrage hinaus, vor der sie sich immer wieder drückte.

„Damit ist es vorbei, Süße. Du wirst dich jetzt und hier entscheiden", motivierte sie sich und starrte auf die beiden vorbereiteten Zettel auf ihrem Schreibtisch.

Den Ausdrucken der Pro- und Kontra-Liste, der Matrix, dem Baum, des Mindmaps, dem Perspektivwechsel und dem ADM-System widmete sie keinen Blick mehr. Sie alle lieferten nicht das konkrete Ergebnis, das sie sich wünschte.

„Dann doch der Würfel", seufzte sie, holte aus und öffnete ihre Hand. Der Entscheidungswürfel, auf dem nur die Farbe weiß und schwarz vorhanden war, ebenso wie auf den beiden Zetteln in der anderen Hand, rollte und verharrte auf der Kante.

„Das gibt es doch nicht", fluchte Niobe und schlug mit der Faust auf den Tisch, was das Spielgerät veranlasste, zu Boden zu fallen und unter der Anrichte zu verschwinden.

Wütend griff sie nach dem schwarzen Zettel und las ihre handgeschriebenen Notizen:

„Dunkle Seite. Hacken für Rüstungsfirmen nach neuesten Waffentechnologien. Äußerst lukrativ, gefährlich, Anerkennung in der Branche, Knast/Verbannung."

Tief durchatmend knüllte sie ihn zusammen und flüsterte: „Dann die weiße, die gute Seite."

RACHE

Melanies Hände zitterten, als sie sich das zweite Paar Handschuhe überzog.

Ruhig bleiben, motivierte sie sich und holte tief Luft. Nach der Atemübung drehte sie den Verschluss der leeren Dropper-Flasche ab, legte ihn auf die Ablage der Spüle und griff in ihre Handtasche, die daneben auf der Anrichte stand. Ihre Hand verschwand in der Tasche und beförderte einen Asthmainhalator hervor.

„Jetzt kommt es auf dich an, Mädchen. Also, bleib cool", flüsterte sie, schraubte den Inhalator auf, zog ein kleines Glasfläschchen vorsichtig heraus, stellte es in die Spüle und zog ihre Hände zurück.

Nicht auszudenken, was passiert, wenn der Inhalt im Abfluss verschwindet, fiel ihr siedend heiß ein.

„Langsam, Melanie", maßregelte sie sich und drückte den Verschluss nach unten.

„Zu fest, du Närrin", schimpfte sie und sah mit Entsetzen, wie das Gefäß gefährlich wankte – es fiel aber nicht.

„Puh, Glück gehabt", flüsterte sie und erlaubte sich, wieder normal zu atmen.

„Konzentration", sagte sie und griff zum filigranen Schraubverschluss. Nach drei Umdrehungen hob sie den Deckel ab und legte ihn in die Spüle. Mit einer Hand hielt sie den Flakon fest, mit der anderen griff sie zum Verschluss der Dropper-Flasche und drehte ihn behutsam auf das Glasfläschchen.

„Teil eins geschafft", seufzte sie und versuchte, etwas zu entspannen.

Du tust das Richtige, meldete sich ihre innere Stimme.

Bist du sicher?, erwiderte sie.

Das Schwein betrügt dich schon mehr als ein Jahr.

Ich weiß, und er hat einflussreiche Freunde, die ihn bei einer offenen Konfrontation decken, antwortete sie und betrachtete skeptisch das verschlossene Gefäß.

Melanie, wir haben das schon so oft besprochen.

Trotzdem ist das, was ich hier tue, unrecht!

Willst du weiter die Gedemütigte sein oder dich auf deine Forschung konzentrieren? So kurz vor dem Durchbruch.

Stimmt, das wird ein Riesending.

Und du wirst die Lorbeeren mit ihm teilen müssen.

Nein, das werde ich nicht zulassen.

Brave Melanie.

Eine Motivationswelle überflutete sie. Ohne über ihre Selbstgespräche nachzudenken, die sie seit dem Unfall führte, griff sie zur Schale mit dem vorbereiteten Gurkensalat.

„Einen Tropfen für jeden Stoß in ihren Schoß", lächelte sie und tröpfelte die Flasche leer. Zufrieden griff sie zum bereitgelegten Plastikbeutel und beförderte die Utensilien hinein, verschloss ihn und schnappte sich den nächsten, in dem die Handschuhe landeten. Ein dritter schwarzer Beutel komplettierte die einer anerkannten Virologin gerechten Prozedur. Verstohlen blickte sie zur Uhr.

Genug Zeit, dachte sie erleichtert und lief mit dem Beutel in den Keller. Vor der rot lackierten Tür blieb sie stehen.

„Rot, wie unsere Liebe", hatte Ben damals gesagt, als sie das geheime Labor gemeinsam einrichteten. Die rote Farbe der Tür war seine Idee, der angeschaffte, Kubikmeter-große Hochtemperaturbrennofen ihre. Seufzend öffnete sie die Tür, trat ein, lief zum Ofen und legte den Beutel hinein.

Drei Minuten später, zurück in der Küche, schaltete sie die Fritteuse ein und nahm zwei Steaks aus dem Kühlschrank. Ihr Blick fiel auf die Glasschale mit dem penetrierten Gurkensalat.

„Scheiße, ich habe vergessen, das Teufelszeug auf den Tisch zu stellen", fluchte sie. Hektisch sah sie sich um und hatte plötzlich eine Idee.

Zufrieden warf sie die Pommes ins heiße Fett, stellte die Pfanne auf den Herd und würzte die Steaks.

„Einmal Rumpsteak raw", grinste sie und fuhr nach einer kurzen Pause fort: „Oh ja, es wird blutig."

Die Eingangstür öffnete sich. Die Gänsehaut abschüttelnd, versuchte sie so entspannt wie möglich zu wirken.

„Hi!", rief ihr Gatte aus dem Flur und verschwand im Badezimmer.

Er wird das Parfüm benutzen, damit ich nichts von der Schlampe aus dem Fitness-Studio rieche, wie immer, wusste sie und schaltete den Herd ein. Etwas zu fest setzte sie die Pfanne auf.

„Zuviel Brat-Öl, Schatz", sagte eine Stimme hinter ihr. Erschrocken zuckte sie zusammen und hoffte, dass er es nicht bemerkte.

„Ich habe einen Mordshunger", sagte Ben, der im Türrahmen der Küche stand. Melanie räusperte sich und antwortete: „Pommes und Steak."

„Alles okay?", fragte er.

Ist es so offensichtlich?, überlegte sie und rang sich zu einer einstudierten Antwort durch: „Nein, nur etwas Kopfschmerzen."

„Ich kann dir einen Termin bei Karl, unserem Neurologen am Krankenhaus besorgen, wenn du willst. Der ist wirklich gut", sagte Ben, ohne einen Funken Mitgefühl in seiner Stimme.

Sie rang sich zu einem Nicken mit aufgesetztem Lächeln durch und legte vorsichtig die Steaks in die heiße Pfanne. Ihre Aufregung stieg. Mit einer Hand beförderte sie die Pommes in eine Schüssel und drehte die Steaks einmal um.

„Du weißt, zweimal zwei Minuten", meinte er oberlehrerhaft, wie immer.

Arschloch, dachte sie und sagte: „Nimm doch schon den Gurkensalat mit ins Esszimmer."

„Salat, extra für mich? Dankeschön, womit habe ich das verdient?", erwiderte Ben, schnappte sich die Schale und trug sie ins Esszimmer. Erleichtert, dass ihr Plan scheinbar aufzugehen schien, setzte sich endlich die Wissenschaftlerin in ihr gegen das schlechte Gewissen durch. Sie legte den Fokus auf seine Reaktion und überlegte, ob er anders als ihre Versuchstiere reagieren würde. Jetzt wurde ihr klar, dass es definitiv kein Zurück mehr gab. Wieder lief ein Schauer über ihren Rücken. Tief durchatmend legte sie die Steaks auf die vorbereiteten schneeweißen Porzellanteller. Fasziniert starrte sie auf die kleine Blutlache und setzte ein diabolisches Grinsen auf.

Ja, er hat es verdient, kicherte sie in Gedanken, balancierte die Teller durch die Küche und stellte sie auf den Tisch.

„Pommes sind unterwegs, fang doch schon mal mit dem Salat an", lächelte sie und verschwand in der Küche. Dreimal tief durchatmend, schnappte sie nach der Schüssel, verfehlte sie und stieß sich die Hand an der Arbeitsplatte.

„Scheiße!", fluchte sie.

„Ist was?", vernahm sie seine schmatzende Antwort.

„Alles okay", erwiderte sie und hatte plötzlich Angst, die Küche zu verlassen.

„Wo bleiben die Pommes?", rief Ben und verbarg seine Ungeduld nicht. Das reichte, um ihre Lähmung zu überwinden.

Mit der gefüllten Schüssel in der Hand, betrat sie das Esszimmer und blickte auf die leere Glasschale vor ihm.

„War lecker", schmatzte er und steckte ein Stück Fleisch in den Mund. Blut klebte zwischen seinen Zähnen.

Hat es schon angefangen?, fragte sie sich, schaute beiläufig in seinen Schritt und hielt mit Mühe ihr Grinsen zurück. Die Erektion in seiner Jogginghose war nicht zu übersehen.

„Mir ist so komisch", krächzte Ben, fuhr sich über den Kopf und schaute entsetzt auf das Haarbüschel in seiner Hand. Ein Zittern durchlief seinen Körper, und er verdrehte die Augen. Fasziniert setzte sie sich gegenüber und saugte jede Reaktion in sich auf.

„Melanie!", stöhnte Ben und würgte.

„Das kommt davon", kicherte sie und vergrößerte vorsichtshalber den Abstand zu ihm. Der Würgereiz übermannte ihn und er kotzte über den Tisch, gleichzeitig weiteten sich seine Pupillen.

„Sag hallo zu Mystic. Als Basis dient ein amöbenähnlicher Rhizopode namens Naegleria Fowleri, dazu ein Mix aus fleischfressenden Bakterien und weiteren geheimen Zutaten. Das ist Mystic. Der Spitzname ist Hirnfresser, aber dabei wird es nicht bleiben, geliebter Ex-Ehemann", lamentierte sie genüsslich.

Ben hörte ihre Ansprache nicht mehr, er starrte mit einem dümmlichen Gesichtsausdruck auf seinen Daumen. Langsam steckte er ihn in den Mund und lutschte daran.

„Wie bei den Affen", flüsterte Melanie und wartete geduldig auf die nächste Stufe. Sie musste nicht lange warten. Schmatzende Geräusche erklangen, als Ben auf dem Daumen mit seinen Zähnen herum knabberte. Aus seiner Kehle drang ein Stöhnen und sie wusste, dass er gerade ejakulierte. Auch das war vergleichbar mit ihren Primaten im Labor. Blut lief aus seinem

Mundwinkel und tropfte auf seinen weißen Sweater. Mit einem Knurren riss er seinen Daumen zwischen den Zähnen aus dem Mund und glotzte dümmlich auf den blanken Knochen. Kichernd und grunzend kaute er auf den Überresten seines Daumens herum.

„Faszinierend", sagte sie und schaute weiter gebannt zu. Ben schluckte das Stück Fleisch herunter, rülpste und musterte das Steakmesser in seiner rechten Hand.

Melanie rückte ihren Stuhl zurück. Bereit, notfalls zu flüchten, doch ihre Sorge war unberechtigt.

Ben kicherte, holte aus und stach sich das Messer bis zum Schaft in den Bauch. Glucksend drehte er die Klinge mehrmals im Kreis und riss sie dann nach links. Eine Blutfontäne spritzte über den Tisch. Reaktionsschnell wich Melanie dem Strahl aus und zog sich an den Türrahmen zurück. Mit offenem Mund sah sie, wie Ben das Messer aus seinem Bauch zog und es zu Boden warf. Melanie stöhnte, schlug die Hände vors Gesicht und schaute zwischen ihren Fingern zu, wie Ben eine Darmschlinge nach der anderen aus der Wunde zog und dabei kicherte wie ein kleines Kind.

„Lecker", gluckste er, biss den Darm durch, steckte beide Enden in den Mund und saugte den Inhalt schmatzend aus, unterbrochen von Rülpsern. Melanie fragte sich, wie lange er das durchhalten würde und starrte auf seinen Magen, der zur Hälfte aus der pulsierenden, blutspuckenden Wunde hing. Ihren Würgereiz unterdrückend, schaute sie weiter zu.

Ben grunzte, entleerte Darm und Blase gleichzeitig und verdrehte die Augen. Hart schlug sein Kopf auf der Tischkante auf. Ein letztes Zucken, dann wurde es still.

Melanie nahm die Hände vom Gesicht, schluchzte und unterdrückte die Tränen.

„Was habe ich getan?", jammerte sie. Zitternd hielt sie sich am Türrahmen fest, den Kopf zur Seite gedreht, den Brechreiz krampfhaft unterdrückend. Das platzende Geräusch der Augen holte sie in die Wirklichkeit zurück. Die nächste Phase des Killervirus', die Fressbakterien, traten in Aktion. Beim Verzehren des Fleisches fand gleichzeitig die Vermehrung statt. Bens Augen, sein Mund, die Ohren und Haare verschwanden immer schneller. In Zeitlupe rutschte sein Kopf zur Tischkante.

„Wahnsinn", stöhnte Melanie, als die Leiche in sich zusammensackte und den blanken Schädel mit sich zu Boden riss. Die Bakterien verschlangen die schleimige Blutspur auf dem Weg zum Festessen.

Für Melanie war das alles nichts Neues. Dreiundachtzig Primaten waren Mystic schon zum Opfer gefallen, aber dieses Mal war es ein Mensch – einer, den sie kannte.

Immer schneller fraßen die Bakterien Bens Fleisch von den Knochen. Melanie wankte zu einem Stuhl und setzte sich. In etwa einer Stunde würde nur noch ein Skelett übrigbleiben, dann trat die letzte Stufe in Aktion. Die Bakterien fraßen sich selbst.

Die perfekte Waffe. Kein Wunder, dass das Militär so scharf auf Mystic ist, überlegte sie.

Unbarmherzig sich selbst gegenüber, hielt sie dem ekelerregenden Anblick bis zum bitteren Ende stand.

Tief durchatmend lief sie ins Schlafzimmer auf die Terrassentür zu. Vor der mobilen Kontaminationskammer blieb sie stehen. Durch die offene Tür wagte sie einen letzten Blick auf die Reste ihres Ehemanns.

Ihre Befriedigung hielt sich in Grenzen. Nach zwölf Stunden würde von Mystic nichts mehr übrig sein, dann wartete eine schweißtreibende Arbeit auf sie. Der Tisch, die Stühle und der Teppich mussten zerkleinert und im Keller mit den chemisch vorbehandelten Knochen im Ofen verbrannt werden.

„Morgen", flüsterte sie, zog sich aus und betrat nackt die Schleusenkammer. Der Wasserstrahl prickelte erfrischend auf ihrer Haut. Genau jetzt in diesem Moment fühlte sich ihr Vorhaben richtig an. Tief einatmend betrat sie die Terrasse und schlüpfte in den bereitgelegten Jogginganzug. Eine lauwarme Sommernacht empfing sie, genau wie die bereitgestellte Weinflasche, eine von den guten Roten. Zufrieden zog sie den Korken heraus und warf ihn in den Garten.

„Den brauche ich nicht mehr", sagte sie, füllte das Kristallglas bis zum Rand und hielt es gegen den Vollmond.

„Das war's, du Arschloch. Morgen melde ich dich als vermisst", sagte sie und leerte die blutrote Flüssigkeit in einem Zug.

„Schmeckt schal. Garantiert kommt der Geschmack zurück, wenn ich die Schlampe erledigt habe", sagte sie, stellte das geleerte Glas auf den Tisch und nahm einen Schluck direkt aus der Flasche. Mit geschlossenen Augen lauschte sie den Naturgeräuschen, rote Tropfen liefen aus ihrem Mundwinkel und fielen zu Boden.

Sie träumte von ihrem Arbeitsplatz am Institut und von Ruhm und Ehre als die beste Virologin Deutschlands, oder besser - weltweit.

STIMMEN

„Norman, wann wurde die Diagnose Schizophrenie erstellt?", fragte der Psychiater.

„Keine Ahnung", kam die knappe Antwort.

„Norman, ich will Ihnen nur helfen. Dafür müssen Sie mitarbeiten."

„Ich weiß es wirklich nicht mehr nach all den Psychiatern, Psychologen und Klinikaufenthalten."

„Gut, dann fahren wir fort. Wie viele Persönlichkeiten sind Sie in der Lage auseinanderzuhalten?"

„Das ist schwierig, sie vermischen sich. Mal ist es der Assi, mal der Taffe, der Überlegte und dann wieder der ungeduldige Brutale. Aber das ist nicht mein akutes Problem."

„Eins nach dem anderen, Norman. Beschreiben Sie mir die Persönlichkeiten."

„Arschloch, ich habe gesagt, das ist nicht das primäre Problem!", schrie Norman und schlug mit der flachen Hand auf den Tisch.

„Immer ruhig bleiben. Also gut, erzählen Sie", antwortete der Arzt mit dem Finger am Notschalter.

„Ich kann die Gedanken anderer Menschen hören, das ist das Problem", lächelte Norman wie ein braver Schuljunge.

Der Psychiater entspannte sich, zog die Hand zurück und motivierte ihn weiterzureden.

„Ich habe mit Ihrem Vorgänger schon darüber gesprochen, warum glaubt mir denn keiner?", jammerte er und schlug die Hände vors Gesicht.

„Erzählen Sie, wie es begann."

„Nach einem Klinikaufenthalt und einer neu zusammengestellten Medikation fing es mit extremen Kopfschmerzen an. Ich erklärte dem Genesungsbegleiter, dass etwas in meinem Kopf nicht stimmt. Er schob es auf die Tabletten und wiegelte ab. Nachdem er den Mund schloss, hörte ich, was er dachte."

„Und, was dachte er?", unterbrach ihn der Psychiater.

„So ein Idiot, warum habe ich nur diesen bekloppten Beruf erlernt."

„Kann es sein, dass Sie sich aufgrund seines Gesichtsausdrucks die Gedanken zusammenreimten?"

„Das dachte ich zunächst auch. Mein innerer Schlauberger riet mir zu einem Experiment."

„Interessant."

„Schreiben Sie das auf?"

„Natürlich, Norman. Wir dokumentieren alles. Verraten Sie mir mehr von Ihrem Experiment."

„Ich besuchte ein Theater. Als sich der Vorhang öffnete, sprachen nur die Schauspieler, in meinem Gehirn dagegen tobten sich die Zuschauer aus."

„Verstanden Sie die Worte?"

„Würden Sie etwas verstehen, wenn mehr als zweihundert Personen gleichzeitig reden?"

„Also brummte Ihr Schädel?"

„Brummen, Summen, Grummeln, Surren – Egal, wie Sie es benennen, es treibt mich in den Wahnsinn."

„Kann ich verstehen. Und wie ist es jetzt gerade - hören Sie, was ich denke?"

„Wir befinden uns in einem Hochhaus, ohne die Medikamente wäre ich bereits auf der Flucht."

Norman sah die Erleichterung im Gesicht des Mannes und fing an, ihn zu hassen. Er verachtete das ganze System, in dem er gefangen war. Ohne Arzt keine Medikamente und null Kohle vom Amt. Langsam wurde er ungeduldig und wippte mit den Beinen.

„Und wie ging es weiter?"

„Ich bin zu einem Friedhof gefahren und fand Ruhe und Stille, bis ich in eine Beerdigung geriet. Keiner sagte etwas, aber alle lamentierten und schimpften über den geizigen Toten, der vor ihnen im Sarg lag."

„Sie verstanden ihre Gedanken?"

„Wenn es nur wenige sind, bilde ich mir aus den Wortfetzen einen Satz."

„Faszinierend."

„Meine Wohnung in der Stadt gab ich auf und zog in eine kleine Hütte am Waldrand. Dort hält man es besser aus."

„Dann ist es eine Quälerei für Sie, hierher zu kommen?"

„Vier Stunden Fahrt - ich hasse es, es kotzt mich an, ich scheiß drauf", schrie er und spritzte auf.

„Ruhig Norman, ich entlasse Sie für heute. Beim nächsten Mal reden wir über den

Vorfall mit Ihrer Mutter. Noch einen Rat für den Nachhauseweg: Konzentrieren Sie sich auf das Wesentliche, auf das Hier und Jetzt, dann werden die Gedanken anderer keinen Platz in Ihrem Kopf finden und irgendwann verschwinden."

Norman erhob sich, verließ wortlos das Zimmer und schaffte es, die Tür nicht zuzuknallen wie beim letzten Mal.

Seine Muskeln zuckten, die Wirkung der Tabletten ließ nach. Eilig nahm er zwei Stufen auf einmal und erreichte außer Atem die Tiefgarage. Am Kassenautomaten ignorierte er das Wechselgeld und rannte zu seinem blauen Kleinwagen, der direkt neben der Ausfahrt parkte, schlüpfte in die dünnen Lederhandschuhe und fuhr los.

„So ein Arschloch. Ich soll mich auf das Wesentliche konzentrieren, dann werden die Stimmen verstummen. Und immer schön die bunten Pillen nehmen", äffte Norman den Psychiater nach.

„Fahr schneller, du Idiot", schrie er und schlug mit der flachen Hand auf die Hupe. Den Kopf voller Stimmengewirr, gab er Gas. Nichts wie raus aus der Stadt, er sehnte sich nach Ruhe und benötigte sie sofort. Die

Nachmittagssonne verschwand schon hinter den Bergen und machte Platz für die einsetzende Dämmerung.

„Ruheforst - genau das, was ich jetzt brauche, um nicht den Verstand zu verlieren", jubelte er und folgte dem Wegweiser. Nach einer halben Stunde parkte er den Wagen auf dem Waldparkplatz. Er seufzte erleichtert, als die Nacht hereinbrach. Es war nicht das erste Mal, dass er in einem Wald im Auto übernachtete. Zufrieden schloss er die Augen und schlief ein.

„Leichte Beute, heute ist unser Glückstag", flüsterte eine Stimme in seinem Kopf. Die Benommenheit kurz abschüttelnd, hörte er mit geschlossenen Augen weiter zu.

Nach einer Minute wusste er, dass sich zwei junge Männer, in der Hoffnung auf Diebesgut, dem Auto näherten. Einer hatte fürchterlich Schiss, der andere strotzte vor Testosteron.

„Da sitzt einer drin, lass uns abhauen."

„Der schläft, du Hasenfuß."

„Egal, weg von hier."

„Spinnst du. Das nennt man leichte Beute. Heute ist unser Glückstag."

Norman hörte jedes Wort, auch die unausgesprochenen, und wartete.

„Du reißt die Tür auf und ich schlag ihm den Schädel ein."

„Lass uns lieber abhauen. Ich habe ein komisches Gefühl bei der Sache."

„Feigling! Los, geh in Position."

„Also gut."

Norman fasste mit der linken Hand in die Türablage und umklammerte den Griff des Jagdmessers, das er immer bei sich hatte. Geduldig wartete er. Ein Klicken erklang, als der Angreifer den Türgriff betätigte - das Startsignal für Norman! Mit voller Wucht drückte er die Tür auf. Erschrocken fiel der Mann zu Boden. Blitzartig sprang Norman aus dem Auto und bohrte den Dolch in die Kehle des anderen, der ihn mit erhobenem Schläger überrascht anglotzte. Ohne abzuwarten, drehte Norman das Messer einmal im Kreis, zog es heraus, ignorierte das spritzende Blut und warf sich auf den anderen, der winselnd am Boden lag. Wie von Sinnen stach Norman zu, immer wieder und wieder. Der Schweiß lief ihm in Strömen von der Stirn, bis ihn ein kalter Windstoß, begleitet vom Ruf eines Kauzes, zurück in die Wirklichkeit brachte. Keuchend ließ er von seinem Opfer ab. Es dauerte, bis er in der Lage war, sich zu erheben. Mit zittrigen Knien stand er auf und versuchte, etwas in der Dunkelheit zu erkennen. Langsam verschwand der blutige Nebel vor seinen Augen und er starrte auf zwei Jugendliche, die blutüberströmt auf dem Boden lagen.

Die Wut und Verzweiflung seiner Krankheit sorgte dafür, dass sein restlicher gesunder Menschenverstand sich komplett abschaltete. Hechelnd versuchte er die Kontrolle zu erlangen. Mit einem Schrei aus tiefster Kehle schaffte er es. Fassungslos schaute er auf das blutverschmierte, tropfende Messer in seiner Hand, dann übergab er sich.

Es war nicht so, dass es sein erster Mord war. Was ihm Sorge bereitete, war die Tatsache, dass er aktuell immer öfter völlig die Kontrolle verlor und es immer länger dauerte, bis es vorbei war.

„Ich benötige Hilfe, unbedingt", flüsterte er und wischte das Messer an seinem Ärmel ab. *Dir wird keiner helfen, er muss es versuchen, hoffnungslos, gut gemacht, Bro,* wetteiferten die Stimmen in seinem Kopf. Mit einem Schrei brachte er sie zum Schweigen. Tief sog er die kühle Nachtluft ein und lauschte. Ein Wispern drang an seine Ohren. Verwundert schüttelte er sich und bückte sich zur ersten Leiche hinunter.

Vorsichtig schob er seine Arme unter den noch warmen Körper und schleifte ihn zur ersten Baumgruppe.

Grinsend betrachtete er sein Werk. An den Baum angelehnt, mit einem Blumentopf zwischen den Beinen, saß der Junge da und schaute ihn durch seine toten Augen vorwurfsvoll an.

„Glotz nicht so blöd, selbst schuld, du Idiot."

Norman hob den Kopf und lauschte dem einsetzenden Wispern. Erschrocken sah er sich um. An den Stämmen der Bäume glitzerten im Mondlicht blank polierte Schilder. Überall standen Blumenstöcke und kleine Holzkreuze. Das Wispern ging in ein Murmeln über. Norman schlug die Hände vor den Mund und traute sich nicht auszusprechen, was er dachte.

„Nein, unmöglich", stöhnte er stattdessen, drehte sich um und lief zum Auto.

Die zweite Leiche legte er an einen anderen Baum in der Hoffnung, keine Geräusche mehr zu hören. Ewas außer Atem, schaute er sich um. Das Wispern kam unvermittelt zurück und ging in ein lauter werdendes Murmeln über.

„Scheiße, ich höre die Toten", stöhnte er.

In seinem Rücken raschelte es. Norman wollte sich nicht umdrehen - und tat es dennoch. Der Tote stand aufrecht vor dem Baum und zeigte mit der Hand auf Norman. Blut lief aus den Wunden, als er den Mund öffnete und „Mörder" wisperte.

Norman blinzelte. Die Leiche lag wieder auf dem Boden. Stille umgab die Szene auf dem Waldfriedhof. Mit einer Gänsehaut entfernte er sich rückwärtslaufend. Erleichtert fühlte er das kalte Metall des Autos in seinem Rücken. Mit heulendem Motor verließ er den Parkplatz.

GABE

„Schön, Sie wieder hier zu haben, Pater."

„Ich freue mich auch", erwiderte Gabriele und sah zufrieden die gelbe Aura, die den Körper des Mannes umgab.

Gabriele grinste und erinnerte sich an das erste Mal, als er Auren um die Menschen erkannte. Zunächst war es verstörend, aber er gewöhnte sich schnell daran. Viele Nachschlagewerke aus verschiedenen Sachgebieten später, fasste er die Erkenntnis in einem Absatz - seinem Mantra - zusammen: *Die Aura ist ein Energiefeld, das den inneren Gemütszustand nach außen transportiert. Persönlichkeit, Emotionen, Probleme und der Gesundheitszustand, all das ist über die Aura sichtbar.*

Die Farben zuzuordnen war wesentlich leichter zu verstehen. Je dunkler, je bedrohlicher. Für ihn als Mann Gottes war völlig klar, dass es eine Gabe seines Herrn war, die ihn dazu befähigte. Nachdem er diesen Gedanken verinnerlichte, führte er viele Gespräche mit Gott, der ihm den Weg wies, die Gabe zu nutzen.

Die Weißen sind die Engel, die Schwarzen die Teufel. - Sein zweites Mantra.

Langsam liefen die heutigen Besucher seines Gottesdienstes an ihm vorbei. Ein Mann mit einer blauen Aura hielt an und seufzte. „Welches Problem haben Sie?", flüsterte Gabriele dem Apotheker des Ortes zu.

„Ihre Menschenkenntnis ängstigt mich, Herr Pfarrer. Aber Sie haben recht. Würden Sie mir nach der Messe die Beichte abnehmen?", wisperte der Mann. Gabriele nickte wohlwollend und lief auf den Eingang der Kirche zu. Zufrieden stand er vor dem Altar und gab dem Messdiener ein Zeichen, das Portal zu schließen. Ein Mann zwängte sich zwischen den Türblättern hindurch und nickte entschuldigend. Gabriele fixierte ihn und bekam eine Gänsehaut. Eine schwarze Aura umgab den Nachzügler, für ihn ein klares Zeichen, dass es sich um einen Dämon handelte. Tief durchatmend begann er mit der Prozedur und zog den Gottesdienst nicht unnötig in die Länge. Den vermeintlichen Dämon in der letzten Reihe ließ er nicht aus den Augen und hoffte, dass die neu installierten Kameras sein Profil einfingen. Natürlich verließ der Mann die Kirche, bevor der Klingelbeutel die Runde machte.

Nur ein mächtiger Dämon hat den Mut, sich in eine Kirche zu wagen, überlegte Gabriele.

Widerwillig nahm der dem Apotheker die Beichte ab, ohne richtig bei der Sache zu sein. Mit drei Vaterunser für irgendeine Nichtigkeit entließ er den erleichterten Mann. Das aufgeregte Zittern unterdrückend, lief er durch den kleinen Garten ins Pfarrhaus und setzte sich vor seinen Laptop. Nach drei Versuchen traf sein Finger das Kamerasymbol und startete die Aufzeichnung. Immer wieder fasziniert vom Detaillierungsgrad der winzigen Kameras, stoppte er das Bild im richtigen Moment. Das linkische Gesicht des Mannes erschien gestochen scharf auf dem Monitor. Zufrieden schnaubte Gabriele und beförderte die Hardcopy des Kopfes in die spezielle Datenbank. Gott persönlich gab ihm den Link zu der Gesichtserkennungssoftware. Es dauerte keine drei Minuten bis der Name und die Adresse auf dem Bildschirm erschienen.

„Habe ich dich", grinste Gabriele und betätigte das Druckersymbol.

- — -

Drei Tage später saß Gabriele in seinem Auto vor dem Haus seiner Zielperson und wartete. Um 22 Uhr verließ der Mann seine Wohnung, darauf hatte Gabriele gewartet. Seine Umhängetasche schnappend, stieg er aus dem Wagen und folgte dem Mann. Die schwarze Aura war selbst in der Dunkelheit zu erkennen. Trotz seiner Körperfülle hatte Gabriele keine Probleme, dem Mann zu folgen. Idealerweise holte er ihn in einem Park ein. Mit einem Stoßgebet und der einhergehenden Fügung des Schicksals, was für ihn einem Zeichen des Erlaubten glich, setzte sich der Mann auf eine Bank.

„Darf ich Ihnen Gesellschaft leisten?", fragte Gabriele und platzierte sich, ohne die Antwort abzuwarten, neben ihn. Mürrisch rückte das Opfer etwas zur Seite und schwieg. Gabriele griff in seine Umhängetasche und fingerte das vorbereitete Tuch mit dem Betäubungsmittel in seine Hand. Blitzartig rammte er seinen Ellenbogen in den Magen seines

Sitznachbars, der sich krümmte und seinen Kopf dabei in die Handfläche mit dem Chloroform drückte.

Gabriele schnappte ihn unter dem Arm und erhob sich. Wie immer hatte Gott die richtige Stelle ausgesucht. Direkt hinter der Bank lag ein Gebüsch, das im Inneren eine Freifläche barg. Gabriele schaute sich um, keine Menschenseele war zu sehen, wieder ein Wink Gottes. Mit einem Schulterüberwurf beförderte er sein Opfer auf die Fläche und sprang selbst über das hüfthohe Gebüsch. Blitzschnell spreizte er Arme und Beine des vermeintlichen Dämons und knebelte ihn. Mit einem Satz setzte er sich auf die Oberschenkel seines noch ohnmächtigen Opfers und hielt einen Kletterhaken in der einen und einen Gummihammer in der anderen Hand.

„Herr, in deinem Sinne", flüsterte er und hieb den Haken durch die Handfläche des Dämons bis zum Anschlag in den Boden. Die aufkommenden Bewegungen des Opfers ignorierend, griff er die andere Hand, arretierte sie mit seinem Knie und schlug den zweiten Haken hindurch. Der Dämon schrie verzweifelt durch den Knebel und verschluckte sich an seiner Spucke. Hustend, mit weit aufgerissenen Augen sah er, wie Gabriele seine Position änderte. Eine Minute später durchdrang der dritte Kletterhaken den Spann des rechten Fußes und nagelte ihn am Boden fest. Der Dämon verdrehte die Augen und zitterte. Doch nichts hielt Gabriele davon ab, auch den anderen Fuß festzunageln. Lächelnd kniete er neben dem Mann nieder und träufelte Weihwasser über den schweißgebadeten Körper. Riesige, fassungslose Augen starrten ihn an, als er den Holzpflock erblickte, der über seinem Herz angesetzt wurde.

„Warum?", wollte er sagen, doch stattdessen lauschte er Gabrieles Worten:

„Im Namen Jesu Christi, unserem Gott, durch die Fürsprache der unbefleckten Jungfrau Maria, des seligen Erzengels Michael, der Apostel Petrus und Paulus, als Anvertrauter, ausgestattet mit der heiligen Autorität, befreie ich die Plage des teuflischen Betrugs. Möge die Macht deiner Heilung dein Herz mit Gott versöhnen und die siegreiche Rückkehr Christi, unseres Herrn, erleben. Dämon, weiche von diesem

Mann und lass ihn gen Himmel fahren. Amen."

Mit einem einzigen Schlag verschwand der Holzpflock im Herzen des Dämons.

„Halleluja, es ist vollbracht", flüsterte Gabriele und schloss die toten Augen des am Boden festgenagelten Mannes, dessen einzige Straftat darin bestand, eine schwarze Aura zu tragen, die sich vom Körper löste und in die Luft erhob. Zufrieden schaute Gabrielle ihr nach, bis sie verschwand.

MITLEID

„Es wird sich bestimmt bald aufklären, ihm ist schon nichts Fürchterliches zugestoßen." Zwei der meistverwendeten Versuche, Verständnis für ihre Situation zu heucheln. Melanie war sich sicher, dass keine davon ehrlich gemeint war. Ihre innere Freude unterdrückend, spielte sie die voraussichtliche Witwe, wie es die Gepflogenheit von ihr verlangte. Geduldig wartete sie, bis sich alle wieder an ihre Arbeit machten. Zurück in ihrem Labor, atmete sie tief durch und überdachte ihren nächsten Schritt. Allzulange warten barg das Risiko, dass die Fickschlampe Verdacht schöpfte und die Kripo auf ihre Spur hetzte.

„Eile mit Weile", flüsterte sie und studierte die Liste der im Institut vorhandenen Erreger. Schließlich entschied sie sich für einen speziellen Cocktail aus Rabie-, unterstützt von Borna-Viren. Beide schädigten die Hirnhaut. Für den unwahrscheinlichen Fall, dass die Schlampe überlebte, wartete ein weniger schönes

Leben auf sie. Im Namen ihres Mystic-Experimentes orderte sie die beiden Viren und widmete sich Routinearbeiten bis zu deren Ankunft. Fragen würde niemand stellen. Viel zu wichtig war der fest ins zukünftige Budget eingeplante Erfolg von Mystic, ihrer Errungenschaft, ihrem Baby.

„Hallo."

Melanie schreckte von der Tastatur ihres Laptops auf.

„Schlechtes Gewissen?", fragte der Mann an der Eingangstür, mit den beiden Spezialbehältern in der Hand.

„Die Proben habe ich völlig vergessen", entschuldigte sich Melanie und streckte die Hand aus.

„Langsam", erwiderte der Mann und verschränkte die Arme mit den Gefäßen hinter seinem Rücken.

„Was soll das, Marcel?", zischte sie.

„Hast du ihn umgebracht?"

„Was, wie kommst du darauf?"

„Tu nicht so empört, eure Ehe war alles andere als mustergültig."

„Was geht dich das an?"

„Eigentlich nichts."

„Dann gib mir die Behälter und verschwinde."

„Du hast ihn umgebracht."

Melanie geriet kurz aus der Fassung.

„Da, genau die Reaktion eines Mörders, du hast ihn auf dem Gewissen."

„Doktor Marcel Petiot, geben Sie mir auf der Stelle die Proben und ich werde den Zwischenfall nicht melden", sagte sie mit fester Stimme.

„Ich weiß es und finde es cool. Es macht dich sexy", hauchte Markus, reichte ihr die Behälter und verschwand mit dem unverschämtesten Grinsen im Gesicht, das sie je gesehen hatte.

Fassungslos starrte sie ihm nach, bis die Tür ins Schloss fiel. Ihre Beine zitterten, sie hangelte sich am Labortisch entlang, bis zu ihrem Stuhl. Tief einatmend stellte sie die Behälter ab und setzte sich.

Was war das?, fragte sie sich zum wiederholten Male, nicht in der Lage, das Warum zu ergründen.

„Ich brauche einen Kaffee", stotterte sie und erhob sich. Mit zitternden Händen stellte sie die Proben in die Auftauvorrichtung, verließ ihr Labor, nicht ohne es abzuschließen, und lief festen Schrittes zur Cafeteria.

„Cappuccino", sagte sie ins Mikrofon des neuen Kaffeevollautomaten und wartete ungeduldig, bis er die Klappe freigab. Zu hastig griff sie nach dem Becher und verschüttete etwas von dem Heißgetränk. Fluchend setzte sie sich in die hinterste Ecke, in der Hoffnung, nicht mehr belästigt zu werden. Der Kaffee tat gut und beruhigte ihren Gedankenkreisel.

Marcel war bisher immer distanziert und freundlich. Berührungspunkte gab es keine, obwohl er im selben Fachgebiet unterwegs war wie sie. Was hatte er denn schon in der Hand, und warum fand er es cool? Vor allem das Wort „sexy" ist mehr als verwirrend, versuchten sich ihre Gedanken einen Reim daraus zu machen. Vergeblich, wie sie schnell feststellte.

Ich bin keine Schönheit, eher eine dürre Vogelscheuche mit blonden kurzen Haaren, flach wie ein Bügelbrett und über vierzig, was soll an mir sexy sein?, ließ sie der spezielle Gedanke nicht mehr los.

Denk an deinen Plan, unterbrach ihre innere Stimme den Gedankengang.

„Wenn er etwas vermutet, wird er mich wahrscheinlich beobachten", flüsterte sie und schlug die Hand vor den Mund.

Überrascht von ihrer Unsicherheit, hörte sie der Stimme weiter zu: *Er vermutet nur - ein Wichtigtuer.*

Ihre Uhr vibrierte.

„Scheiße, die Präsentation", fluchte sie, trank den kalten Kaffee leer und rannte zurück in ihr Büro.

Dreißig Minuten später stand sie vor der Tür eines Besprechungszimmers, glättete ihren Kittel, richtete das Namensschild und drückte die Klinke herunter.

„Hallo Melanie, ich dachte nicht, dass Sie das heute durchziehen, nach dem, was passierte", sagte ihr Vorgesetzter und starrte sie fragend über die altmodische Nickelbrille an.

„Hallo Mel", winkte Marcel vom Kopfende des Tisches, ihrem Platz bei ihrer Präsentation.

„Was macht der hier?", brüskierte sie sich und zeigte auf Marcel.

„Er bot sich als Ersatzmann für Sie an."

„Kein Ersatz, ich zieh das durch, dann beantrage ich ein paar Tage Urlaub."

„Wie Sie wünschen, Melanie. Wir haben dreißig Minuten, bis die Herren vom Militär eintreffen. Gehen wir die Präsentation gemeinsam durch?"

„Gerne, Herr Professor", erwiderte Melanie und sah wohlwollend, wie Marcel aufstand, zur Tür lief und sagte: „Dann werde ich wohl nicht mehr gebraucht. Viel Erfolg, Mel. Du schaffst das, fürs Institut." Breit grinsend hob er die Siegerfaust und verschwand.

Melanie atmete tief durch, schob das Problem zur Seite und konzentrierte sich auf ihre Aufgabe.

Nach der Präsentation verabschiedeten sich die beiden BND-Abgesandten. Beschämt blickte einer von ihnen zu Boden. Es war ihm peinlich, bei dem Video über den Tisch gekotzt zu haben, obwohl es nur ein Schimpanse war, der sich dank Mystic selbst auffraß, nachdem er seine Fäkalien verspeiste. Sie verkniff sich ein Grinsen und dachte an Ben. Die Bilder verschwanden schneller als erwartet aus ihrem Kopf.

„Das war sensationell, Melanie. Das Institut wird Ihnen auf ewig zu Dank verpflichtet sein. Einer Professur steht nichts mehr im Wege. Doch jetzt ruhen Sie sich etwas aus.

Gönnen Sie sich ein paar Tage. Wir kümmern uns um das Kommerzielle", begeisterte sich ihr Chef.

„Ich lege noch zwei Testreihen an, dann verschwinde ich", erwiderte Melanie, nickte, versuchte ein Lächeln und verschwand. In ihrem Labor setzte sie sich und genoss den Triumph, bis ihre Gedanken zurück zu Marcel wanderten.

„Ich werde dem Arschloch einfach aus dem Weg gehen", sagte sie und erhob sich.

Zehn Minuten später stand sie in voller Montur im Zone zwei-Labor und legte die neuen Testreihen für Mystic an. Die Hälfte der beiden Viren verschwand in einem Spezialbehälter, der aussah wie das Innere eines Asthma-Inhalators und wanderte nach der Dekontamination in ihre Handtasche.

„Das war's", sagte sie, schloss ihre Bürotür, durchlief problemlos die Sicherheitseinrichtungen und stand Punkt siebzehn Uhr im Freien, auf dem Weg zum Ausgangsportal, hinter dem ihr Auto auf dem Parkplatz wartete. Um diese Uhrzeit war nicht mehr viel los, deshalb wunderte sie sich, dass neben dem Wachmann eine weitere Person im Anzug, mit dem Rücken zu ihr, stand. Kurz überlegte sie, nochmal zurückzugehen, als sich der Mann umdrehte und ihr zuwinkte.

Scheiße, was will der denn schon wieder?, dachte sie und setzte ein lächelndes Gesicht auf. Als die Freundlichkeit in Person war sie nicht gerade bekannt, daher durfte sie es nicht übertreiben.

„Hallo, was machst du denn hier?", tat sie überrascht.

„Oh, ich habe mit Tom etwas über Fußball geschwatzt, aber davon verstehst du ja nichts. Dein Vortrag war erfolgreich, wie ich hörte", grinste Marcel.

„Darf ich bitte Ihre Tasche sehen, Frau Doktor", unterbrach sie der Wärter.

Melanie unterdrückte den Fluch, der auf ihrer Zunge lag, öffnete den Reißverschluss ihrer Handtasche, säuselte: „natürlich" und zog die Henkel auseinander.

Der Wachmann machte keine Anstalten in die Tasche zu greifen und sagte stattdessen: „Bitte ausleeren."

„Kein Problem", erwiderte sie und hielt den Atem an. Aus dem Augenwinkel sah sie Marcels neugierigen Blick.

Er griff nach dem Inhalator, drehte ihn in der Hand und sagte: „Ein Asthma-Inhalator, ich wusste gar nicht, dass du Probleme mit der Lunge hast."

Du weißt so manches nicht über mich und das wird auch so bleiben, fluchte sie in Gedanken und antwortete: „Nur eine reine Vorsichtsmaßnahme." Ihre Stimme zitterte. Sie hoffte inständig, dass er den Abzug nicht betätigte.

„Dann zeig uns doch mal, ob er funktioniert", lachte Marcel und hielt den Inhalator vor ihren Mund.

FRAGEN

„Pater Gabriele, hätten sie einen Moment Zeit für mich?", fragte ein junger Mann nach der Sonntagsmesse. Seine Aura war gelb, ein Zeichen für Neugierde und guten Absichten.

„Natürlich, mein Sohn", erwiderte er und führte ihn hinter die Kirche. Auf einer Bank im Park setzten sich die ungleichen Männer.

„Was kann der Herr für dich tun?"

„Ich würde lieber mit Ihnen als mit Gott reden."

Schlagartig war ihm der Mann unsympathisch, trotz der immer noch gelben Aura. Seufzend lehnte er sich zurück und spielte den Beleidigten.

„Entschuldigung, es war nicht so gemeint. Wissen sie, ich bin Reporter bei einer großen Zeitung und die Zunge ist oft schneller als mein Hirn."

„Ist schon okay", erwiderte Gabriele versöhnlich.

„Es geht um den Kreuziger."

Den Rest des Satzes verstand Gabriele nicht mehr. Seine zitternden Hände schnell zum Gebet gefaltet, zwang er sich, ruhig zu bleiben.

„Kreuziger?", unterbrach er den Redefluss des Journalisten.

„Oh, ich dachte Sie wissen davon. Der Irre, der Menschen auf dem Boden festnagelt, wie an ein Kreuz und dann vampirmäßig pfählt. Nie davon gehört?"

Neugierig sah ihn der Mann an. Seine Aura veränderte sich in ein hell leuchtendes Rot. Den Ahnungslosen spielen, brachte nichts. Jeder in der näheren Umgebung wusste von den zwei Leichen. Gabriele räusperte sich.

„Der Name war mir nicht geläufig. Von den bestialischen Morden weiß ich natürlich."

„Denken Sie, dass ein Dämon dahinntersteckt?"

„Eine gute und berechtigte Frage, junger Mann. Beantworten kann ich sie leider nicht."

„Man munkelt..."

„Gerüchte sollte man keinen Glauben schenken", unterbrach ihn Gabriele.

„Die Menschen stehen unheimlich auf Klatschgeschichten."

„Weil ihr sie liefert.“

„Ehrlich, was denken Sie als unser Pfarrer?“

„Vielleicht weiß der Mörder, was er tut.“

„Interessant.“

„Unterbrechen Sie mich nicht, junger Mann. Womöglich weiß er es auch nicht. In jedem Fall benötigt er oder sie Hilfe. Ich hoffe bei Gott sie erwischen die arme Seele und führen sie zurück auf den rechten Weg.“

Enttäuscht atmete der Reporter aus. Das Gespräch entwickelte sich nicht wie erhofft. Kein stadtbekannter Dämon oder der Teufel persönlich waren beteiligt. Mit Genugtuung sah Gabriele, wie sich die Aura seines Gesprächspartners wieder in Gelb verwandelte.

„Danke, Pater“, sagte er, stand auf und lief mit hängenden Schultern davon.

„Was hast du denn erwartet? Dass ich sage, der Teufel höchstpersönlich steckt dahinter“, flüsterte Gabriele und erschrak, als sich jemand hinter ihm räusperte und sagte: „Vielleicht die Wahrheit?“

KOPFSCHMERZEN

„Jetzt übertreib nicht, Marcel", lachte der Wachmann, griff nach dem Inhalator und steckte ihn zurück in die Handtasche.

„Bitte haben Sie Verständnis, Frau Doktor."

„Sicherheit geht vor", antwortete sie.

„Einen schönen Tag noch", verabschiedete sich Melanie von den beiden und lief auf den Parkplatz. Sie spürte Marcels Blicke in ihrem Rücken und fühlte sein Grinsen.

„Scheißkerl", fluchte sie und schlug dreimal mit ihrer gesunden Hand gegen das Lenkrad. Es dauerte etwas, bis die Anspannung von ihr abfiel und sie in die Lage versetzte, den Alpha-Romeo zu starten. Bis zu ihrem Haus war es nicht weit. Erleichtert zog sie ihre Schuhe aus, warf sie in die Ecke und lief zur Küche. Den Blick ins Esszimmer vermeidend, zog sie ein Fertiggericht aus der Tiefkühltruhe. Sie zügelte sich, mit der Gabel nicht zu fest in die Folie zu stechen und beförderte die Schale in die Mikrowelle. Die Uhr auf zehn Minuten eingestellt, wie es auf der

Verpackung stand, griff sie nach der Wasserflasche und leerte sie in einem Zug. Mit der leeren Flasche in der einen und dem Inhalator in der anderen Hand verschwand sie im Keller. Zurück mit einer Rotweinflasche, lief sie in die Küche und beförderte ihr Essen aus der Mikrowelle. Lustlos stocherte sie in der braunen, undefinierbaren Pampe herum. Widerwillig nahm sie die Nahrung im Stehen zu sich. Das neue Esszimmer kam erst in vier Wochen und im Wohnzimmer wollte sie nicht essen. Die leere Verpackung schmiss sie in den Abfalleimer und begab sich zur Toilette. Als sie am Spiegel vorbeilief, blieb sie stehen und blickte ihr Spiegelbild an.

„Mache ich das Richtige?"

Nach einer Pause fuhr sie fort: „Tiefe dunkle Augenringe, riesige Tränensäcke, Krähenfüße an den Augen, immer mehr Falten auf der Stirn und am Hals, das Haar strohig und ohne Volumen, ich sehe aus wie eine Hexe – oder eine Mörderin", flüsterte sie, schüttelte den Frust ab und setzte sich auf die Toilette. Nach dem Pinkeln schnappte sie sich die Weinflasche und den Korkenzieher, verzichtete auf ein Glas und betrat die Terrasse. Obwohl es noch nicht völlig dunkel war, glotzte sie der Vollmond vorwurfsvoll an.

„Leck mich", gluckste sie und prostete ihm zu.

Bens Todeskampf schlich sich in ihren Kopf zurück. Mit jedem Schluck verblassten die Bilder.

„Ich habe verdient, anständig zu leben", lallte sie und stellte die leere Flasche ab. Tränen kullerten zu Boden.

„Ben, was habe ich nur getan?", schluchzte sie und hielt den Weinkrampf nicht mehr zurück.

Mit einem noch nie gekannten Brummschädel schlug sie mit der aufgehenden Sonne die Augen auf und blinzelte die Feuchtigkeit weg.

„Schon sieben Uhr", stöhnte sie, ließ ihren Arm zurück auf die Liege klatschen, schloss die Augen und schlief wieder ein.

Zwei Stunden später, mit Aspirin intus und einer eiskalten Dusche, stand sie vor der Kaffeemaschine und tippte ungeduldig mit dem Finger auf die Arbeitsplatte.

Wie gut kannte Marcel ihren Mann? Wusste er von der Schlampe?, versuchten ihre Gedanken zurück zu wichtigeren Dingen zu finden.

Ich erinnere mich an eine Begegnung vor einem Jahr, einem Geschäftsessen. Ben war als Begleitung dabei, weil das Institut darauf bestand. Dort trafen sie sich. Mehr als Smalltalk fand zwischen den beiden nicht statt. Ben hielt sich immer von meinen Kollegen fern, auch von den weiblichen. Das war so eine Marotte von ihm, die auf Gegensätzlichkeit beruhte. Wer weiß, wie viele Kolleginnen sich verplappert hätten, überlegte sie und trank einen Schluck Kaffee.

Sehr unwahrscheinlich, flüsterte die Stimme in ihrem Kopf.

Aber nicht unmöglich, erwiderte sie in Gedanken. Einem Geistesblitz folgend, griff sie zu ihrem Handy.

Eine Stunde später saß sie mit Ramona, einer Kollegin, beim Nobel-Italiener. Sie bedankte sich höflich für die Beileidsbekundungen, obwohl niemand außer ihr wusste, dass Ben wirklich das Zeitliche gesegnet hatte, und verlagerte das Gespräch auf Marcel.

Zufrieden verabschiedete sie sich nach einer leckeren Mahlzeit und fuhr in einen Supermarkt. Nicht nur der Wein wurde knapp. Sie nahm sich vor, die nächsten Tage richtig zu kochen, und verschmähte die Fertiggerichte-Abteilung. Zuletzt hielt sie vor dem Weinregal, griff nach drei roten und gesellte eine Flasche Scotch hinzu.

„Das wird reichen", flüsterte sie froh gelaunt. Die wichtigen Informationen über Marcel sorgten für ihre gute Laune. Wichtigtuer, Trittbrettfahrer und lebt noch bei Mutti, reichten ihr völlig, um die Anspannung und letzte vorhandene Zweifel abzuwerfen.

„Übermorgen schicke ich die Schlampe in die Hölle, Hölle, Hölle", trällerte sie auf der Autofahrt.

Nach zwei entspannten Tagen lief sie in den Keller und öffnete die rote Tür.

„Eins, zwei, drei, mit dem Ficken ist's vorbei", grinste sie und zog Handschuhe an. Aus einem Schrank beförderte sie eine kleine leere Plastikflasche mit der Aufschrift „Desinfektion" und stellte sie in die Spüle. Aus der Kühlkammer nahm sie den Asthma-Inhalator und drehte das Mundstück herunter. Konzentriert füllte sie den Inhalt um und stellte den leeren Inhalator in den Brennofen. Die

Plastikflasche verschließend, nickte sie froh gelaunt, von der Richtigkeit ihres Vorhabens überzeugt. Immerhin waren sie und ihre innere Stimme einer Meinung. Wenn das keine gute Voraussetzung war, was dann? Das vermeintliche Desinfektionsmittel beförderte sie in einen Miniverbandskasten, der in ihrer Sporttasche landete, die sie sich extra angeschafft hatte. Unbekümmert schlüpfte sie in die ebenfalls neue Gymnastikhose, warf sich die Tasche über die Schulter und lief zu ihrem Auto. Auf dem Parkplatz der Bumshöhle, wie sie es seit Neuestem nannte, stellte sie den Wagen ab. Zum telefonisch vereinbarten Probetraining hatte sie noch zwanzig Minuten Zeit. Stolz, daran gedacht zu haben sich mit ihrem Mädchennamen anzumelden, öffnete sie das Handschuhfach, holte eine Nagelschere heraus und schnitt ein Dreieck aus ihrem Zeigefingernagel.

„Das wird reichen", sagte sie und stieg aus. Tief durchatmend öffnete sie die Tür des Fitness-Studios und trat ein.

„Hallo, kann ich Ihnen behilflich sein, schöne Frau?", säuselte der mehr als gutaussehende Mittdreißiger hinter dem Empfangstresen.

„Ich habe ein Probetraining gebucht", schmeichelte sie zurück. Im Studio sind immer alle gut gelaunt, daran hielt sie sich. Während sie die Formalitäten besprach, sah sie ihre Zielperson an der Verlängerung des Tresens stehen. Ein Pulk muskelbepackter Testosterongesteuerter stand um sie herum. Neid auf ihren jugendlichen, perfekten Körper untermauerte ihr Handeln. Sie wartete geduldig, bis Pamela hinter ihr vorbei stolzierte. Ungeschickt drehte sie sich um, verlor das Gleichgewicht und hielt sich an Pamelas Arm fest. Dabei kratzte sie mit ihrem präparierten Fingernagel einen kleinen Riss in deren Oberarm, bevor sie zu Boden fiel. Tausendmal entschuldigend, half sie Pamela auf die Beine.

„Oh, es tut mir so leid. Huch, jetzt habe ich Sie auch noch verletzt. Sie bluten ja. Ich ungeschicktes Weib", säuselte sie.

„Ist schon okay, nur ein Kratzer", spielte Pamela die Situation herunter. Insgeheim genoss sie natürlich die volle Aufmerksamkeit aller Studio-Anwesenden.

„Ich bin Krankenschwester, sowas nimmt man nicht auf die leichte Schulter. Ich verarzte die Wunde, geht ganz schnell."

Melanie zog sich die Gummihandschuhe über, peinlichst darauf bedacht, sich mit dem Fingernagel nicht selbst zu gefährden.

„Geht schon", wehrte Pamela ab und hielt ihr trotzdem den Oberarm entgegen.

„Haben wir gleich. Etwas Desinfektionsmittel, dann sind Sie wie neu", sagte Melanie und kippte die halbe Flasche über die Wunde. Mit einer Mullbinde beseitigte sie die restliche Flüssigkeit, band sie um den Oberarm und befestigte den Haken.

„Rosa Verbandszeug, wie hübsch", grinste Pamela.

„Ich hoffe, es damit wieder gutgemacht zu haben."

„War ja keine Absicht", antwortete Pamela und lief mit wippendem Hinterteil zum Gymnastikraum. Melanie steckte die Handschuhe und die Flasche in einen Beutel und desinfizierte sich ihre Hände mit dem richtigen Mittel mehrmals. Verstohlen sah sie sich um, doch alle Blicke hingen an den wackelnden Arschbacken Pamelas, auch die der neidischen Frauen. Nach dreißig Minuten verabschiedete sie sich aus dem Studio und steuerte ihren Wagen auf die

Autobahn. Zu Hause öffnete sie die nächste Flasche Rotwein und nippte daran.

„Schmeckt nicht mehr so schal", grinste sie und nahm einen kräftigen Schluck.

- — -

„Komisch. Vor zwei Tagen kam die junge Frau zu uns mit Kopfschmerzen, und jetzt ist sie tot."

„Und wie sie gelitten hat. Schau sie nur an, wie ausgemergelt sie jetzt aussieht und wie schön sie bei der Einlieferung war."

„Es müssen höllische Schmerzen gewesen sein."

„Ob du es glaubst oder nicht, ich bin froh, dass sie erlöst ist."

„Außer der Hirnhautentzündung und dem kleinen Kratzer am Oberarm war sie völlig gesund."

„Obduktion?"

„Leute, in der 3 wartet ein Kaiserschnitt und in der 4 ein Blinddarm."

„Ja, Schwester, wir kommen. Schreibe Tod durch Meningitis, der Pathologe soll selbst entscheiden."

„Okay."

GABE

Tief durchatmend, die Gänsehaut ignorierend, drehte sich Gabriele langsam um und schaute in die Augen des Bischofs.

„Er sucht nach der Wahrheit, und er wird sie irgendwann finden. Wo können wir ungestört reden, Pater?"

„Im Pfarrhaus", schaffte es Gabriele zu antworten.

„Dann geleite er mich dorthin."

„Ja, Eure Eminenz. Bitte, folgt mir", stotterte Gabriele.

Am Esstisch saßen sich die beiden gegenüber. Gabriele versteckte seine zitternden Hände unter dem Tisch.

„Ich muss mich zuerst für mein überfallartiges Erscheinen entschuldigen."

„Sie sind hier immer und jederzeit willkommen", erwiderte Gabriele.

„Mir kam zu Ohren, dass Ihr eine besondere Fähigkeit habt, seitdem Ihr wieder im Dienst seid."

Gabriels Gedanken überschlugen sich.

Was weiß mein Gegenüber?, dachte er und sagte: „Ich verstehe nicht recht."

„Nicht so bescheiden, Pater."

Gabriele hasste dieses Katz- und Maus-Spiel. Aber was blieb ihm anderes übrig. Bevor er zu einer Antwort ansetzte, fuhr der Bischof gnädigerweise fort: „Der Herr sieht und hört alles."

Gabriele konzentrierte sich auf die Aura, die in einem zarten Lila den Körper des Bischofs umgab.

„Sie sind so bescheiden. Ich spanne Sie nicht länger auf die Folter. Man sagt, Sie haben die Gabe, die Probleme und Sorgen anderer zu erkennen. Wie kommt es dazu?"

Erleichtert erwiderte Gabriele: „Erklären kann ich es nicht."

„Versuchen Sie es."

Gabriele überlegte kurz und entschied sich für eine abgeschwächte Version.

„Ich fühle, wenn es jemandem schlecht geht."

„Wie drückt sich das aus?"

„Eine innere Schwere überfällt mich, besser kann ich es nicht beschreiben."

Lange Zeit sagte der Bischof nichts. Gabriele griff zu der Teetasse, trank einen Schluck und wartete geduldig.

Sein Gegenüber seufzte, lehnte sich zurück und sagte: „Es gibt eine besondere Vereinigung in unserer Kirche, vom Papst persönlich abgesegnet. Neunhundert ausführende Exorzisten, alles praktizierende Priester, gehören ihr an. Sie stammen überwiegend aus Italien, den USA, Mexiko, Tschechien, Österreich sowie aus Afrika."

„Die AIE[1]?"

„Ja, mein Sohn. Die Internationale Vereinigung der Exorzisten. Es wäre von großem Vorteil, jemanden wie Sie, mit dieser außergewöhnlichen Gabe, in ihren Reihen zu wissen."

„Aber was ist mit meiner Verpflichtung hier?"

„Das ist das kleinste Problem. Die Jungen scharren schon mit den Hufen."

„Ist diese Aufgabe nicht zu groß für mich?"

„Mit Ihrer Gabe werden Sie den anderen gegenüber im Vorteil sein. Reizt Sie die

---

[1] Aus Wikipedia „Verein der Exorzisten."

Aussicht, der verlängerte Arm Gottes zu sein, nicht?"

„Doch schon, aber..."

„Kein aber. Das Konzil ist sich einig, was selten genug geschieht. Wir vertrauen auf Ihre alten und neuen Fähigkeiten."

„Ich fühle mich geehrt", erwiderte Gabriele und küsste den Siegelring des Bischofs.

Es fiel ihm schwer, seine Gefühle im Zaum zu halten.

„Wie geht es weiter?", fragte er.

„In vier Wochen werden Sie nach Rom in den Vatikan reisen. Dort erwartet Sie und andere Anwärter Referent Don Matteo. Er wird jeden von euch persönlich ausbilden. Ihr erlernt die Theorie des Exorzismus und werdet zum Abschluss Handwerkszeug für die praktische Anwendung erhalten. Wir erwarten Sie eine Woche später wieder hier in der Pfarrei zurück."

Gabriele war sprachlos und schaute den Bischof an.

„Ihr alle habt nach dem Seminar eine Woche frei, um die heiligen Stätten zu besuchen und euer Wissen auszutauschen. Und bevor Sie die Frage stellen: Eine Audienz beim Papst wird es nicht geben."

„Ich werde als praktizierender Exorzist zurückkommen", flüsterte Gabriele ehrfürchtig.

„Zu einem Teufelsaustreiber, der, wenn nötig, gerufen wird."

„Ich bin etwas sprachlos, Eure Eminenz."

„Das verstehe ich sehr gut. Wir erhoffen uns durch Ihre Gabe, die Unterschiede zu Krankheiten besser zu deuten."

Gabrieles Kopf drohte zu explodieren vor Glückseligkeit.

Mir wird Absolution erteilt das zu tun, was ich bisher im Verborgenen tat. Gott zeigt mir den Weg, und ich werde es ihm danken.

Es fiel ihm schwer, sich zurückzuhalten und nicht sofort zuzusagen. Stattdessen antwortete er: „Gibt mir der Herr bis morgen Bedenkzeit?"

„Natürlich. Trinken wir noch eine Tasse Tee", sagte der Bischof.

Worauf du einen lassen kannst, alter Mann. Und nachher wird der Messwein geleert, dachte Gabriele und füllte grinsend die Porzellantassen.

EINKAUF

„Norman, deinetwegen ist mein Leben am Arsch. Einmal nicht aufgepasst, so eine Scheiße! Wo ist sie hin, die blühende Schönheit? Alle wollten sie mich haben: Millionäre, Banker, Aufsichtsräte, Vorstände - und wo sind sie hin? Verschwunden, wegen dir, Nichtsnutz!", schrie seine Mutter vom Sofa, besoffen wie immer. Geschickt wich er der leeren Flasche aus, die knapp an seinem Kopf vorbeiflog. Die Scherben gesellten sich zu den anderen, die denselben Weg zuvor nahmen.

„Ich hasse dich!", schrie sie und versuchte ihre Masse vom Sofa zu erheben.

„Scheiße!", fluchte sie und fiel zurück in die durchgesessenen, verdreckten Polster.

„Die Rache ist mein", kicherte sie.

Norman verscheuchte die realen Bilder seiner Jugend und flüsterte: „Die Krankheit ist deine Rache, du Miststück."

Vier Wochen waren seit dem Parkplatzfiasko vergangen. Zurückgezogen am Waldrand, in einer gemieteten Blockhütte, stand er vor dem Plumpsklo und urinierte. Sein Spiegelbild glotzte ihn dämlich grinsend an. Sein Magen knurrte. In letzter Zeit häuften sich die realistischen Erinnerungsträume.

„Seit ich bei dem neuen Seelenklempner bin", überlegte er und zog sich an. Das nächste bewohnte Haus lag vier Kilometer entfernt, weit genug für sein Wohlbefinden. Missmutig griff er zum Autoschlüssel, es war dreiundzwanzig Uhr, seine bevorzugte Einkaufszeit. Einmal im Monat setzte er sich dem Stress aus.

„Zwei bunte werden reichen", sagte er, schluckte die Pillen, zog sich routinemäßig die Lederhandschuhe über und öffnete die Haustür. Eine kühle Brise empfing ihn. Widerwillig lief er die Stufen herunter zum Schuppen, vorbei am toten Brunnenschacht, seiner Beweismittelsammelstelle. Das Quietschen des halbverfallenen Tores verscheuchte die Ratten. Er startete den Wagen und rollte den Feldweg hinunter bis zur Landstraße. Zehn Kilometer lagen vor ihm bis zum Supermarkt, der um diese Uhrzeit genauso leer war, wie er es sich wünschte. Zufrieden lenkte er den Wagen vorbei am spärlich beleuchteten Parkplatz und parkte ihn zwei Straßen weiter. Die Kapuze des Sweaters über den Kopf gezogen, stieg er aus und lief zum Markt. Das Gemurmel der beiden Angestellten machte sich in seinem Kopf breit. Für Norman kein Problem. Mit einem Lied auf den Lippen schob er den Einkaufswagen durch die Eingangstür. Außer dem Kassierer, der ihn ignorierte, war niemand zu sehen. Mittlerweile wusste er, wo die von ihm bevorzugten Lebensmittel lagerten. Schnell füllte sich sein Wagen, als neue, reelle Stimmen erklangen.

„Scheiße!", fluchte er und zog sich in eine weniger beleuchtete Regalreihe zurück. Vier Jugendliche betraten laut johlend den Laden und steuerten die Alkoholabteilung an. Geduldig wartete er. Noch war das Stimmengewirr auszuhalten.

Ich weiß genau, was du getan hast, schrie plötzlich die Stimme seiner Mutter im Kopf. Bisher redete sie nur im Traum mit ihm. Verwirrt schaute er sich um.

Du Hurensohn, ich weiß es, schrie sie lauter. Vor Schmerzen hielt er sich die Ohren zu. Blut tropfte aus der Nase.

Du Dreckschwein hast mich absichtlich vor den Zug gestoßen.

„Es war ein Unfall!", schrie Norman und fiel auf die Knie.

Du hast mich getötet, mit voller Absicht.

„Nein, Mutter. Es war ein Unfall!", schrie Norman ein weiteres Mal.

Das Böse sieht alles, mein Sohn.

„Ich wollte es nicht. Aber die Gelegenheit war günstig", weinte Norman und rollte sich wie ein Baby im Mutterleib auf dem Boden zusammen.

Ich wusste es. Mein eigener Sohn!

„Ja, ja, ja, und ich habe es nie bedauert!", schrie er mit geballten Fäusten.

Eine Stiefelspitze traf ihn am Kinn. Verschwunden war die Stimme in seinem Schädel, stattdessen standen vier Jugendliche um ihn.

„He Alter, bist du verrückt oder was?", lachte ihr vermeintlicher Anführer und stellte seinen Fuß auf Normans Arm.

„Wollen mal sehen was du zu bieten hast, alter Mann", grinste er und beugte sich herunter.

Norman zögerte keine Sekunde. Mit der freien Hand zog er blitzschnell sein

Jagdmesser aus dem Stiefel und stach mit voller Wucht in die Wade des Anderen, so dass die Klinge auf der anderen Seite austrat. Schreiend vor Schmerzen starrte der Junge auf sein blutendes Bein. Norman griff ihn im Genick und zog ihn zu sich herunter.

„Was hast du gesagt?", zischte er.

„Nichts, Mister", stotterte der Junge und zitterte am ganzen Leib.

„Ich ziehe jetzt mein Messer aus deinem beschissenen Körper, dann putze ich es an der Designerhose ab und gehe weiter einkaufen, ohne belästigt zu werden."

„Ja, Mister", stöhnte der Junge, der Ohnmacht nah.

Ganz langsam zog Norman die Klinge aus der blutenden Wunde, wischte sie an der Hose ab und warf ihn unsanft zu Boden. Tief durchatmend erhob er sich, umklammerte den Einkaufswagen, packte die restlichen Sachen ein und lief zur Kasse. Von den anderen drei und den Angestellten war nichts zu sehen. Seufzend überschlug er den Einkauf, legte vier Scheine auf das Band und lief nach draußen. Von weitem hörte er die Sirenen der Polizei. In aller Seelenruhe packte er seine Sachen in die Tüten, stellte den Einkaufswagen zurück und lief zu seinem Auto. Die näherkommenden Sirenen ignorierte er und steuerte seinen Wagen über die Seitenstraße zum Kreisverkehr, der direkt auf die Überlandstraße führte. Überrascht, dass ihm gleich drei Streifenwagen entgegenkamen, hob er die Augenbrauen und verschwand in der Dunkelheit. Hier würde er nicht mehr einkaufen. Die Überwachungskameras würden ihn eventuell identifizieren. Untertauchen war angesagt. Gut, dass es in der Hütte einen versteckten Keller gab. Das alles war kein Problem. Was ihn mehr beschäftigte, war die Tatsache, dass die Stimme seiner Mutter einfach so über ihn hereinbrach. Inständig hoffte er, dass die neuen Medikamente dafür verantwortlich waren. Beim nächsten Seelenklempnertermin würde er das Problem ansprechen.

- — -

„Es ist Zeit, zurückzukehren", sagte Norman, holte tief Luft und hielt sie an. Er öffnete die Klappe zur Jauchegrube und kippte den Eimer mit seinen Ausscheidungen hinein. Erleichtert in zweierlei Hinsicht, verschloss er den Deckel und atmete weiter. Vier Wochen schon war er mit sich und seinen multiplen Persönlichkeiten alleine in seinem Versteck. Zweimal besuchten ihn die Bullen, er hatte mit mehr gerechnet. Jetzt freute er sich auf eine ausgiebige Dusche, und etwas Anderes zum Essen als das Trockenfutter.

Er wuchtete die museumsreife Mikrowelle auf ihren angestammten Platz. Genüsslich schmunzelte er, als sich das Bild der zermatschten Leiche seiner Mutter vor seinen inneren Augen materialisierte. Ihre Stimme war nicht zurückgekehrt, dafür die von Penny. Sehnsüchtig griff er sich in den Schritt. *Hierfür wird es auch mal wieder Zeit,* überlegte er. Penny, die Prostituierte von nebenan, die ihn ranließ – kostenlos - und seinen Weg in die Sexualität ebnete. Er war zwölf oder dreizehn, so genau erinnerte er es nicht. Dafür aber an das unsagbare Gefühl, in sie einzudringen. Das blieb für ewig in seinem Kopf. Die Gespräche mit ihr waren mehr als versaut, und sie landeten meistens im Bett, auf dem Boden oder wo auch immer. Norman stöhnte und verschwand im Badezimmer.

Befriedigt und geduscht, schaute er in den Spiegel.

Ruf sie an, die ist doch lange tot, war damals schon viermal so alt, wetteiferten seine Persönlichkeiten - er ignorierte sie. Aus der Tiefkühltruhe schnappte er sich ein dreiteiliges Fertiggericht und beförderte es in die Mikrowelle.

Genüsslich schleckte er die Reste von der Gabel und rülpste. Durchs Fenster sah er den prall gefüllten Briefkasten. Stirnrunzelnd lief er nach draußen und kehrte mit einem Packen Briefe zurück.

„Werbung, eine Einladung der hiesigen Polizei, Werbung, eine fallengelassene Anklage, Werbung und eine Terminerinnerung. Scheiße, das ist heute!", fluchte er.

Sein Magen verkrampfte sich. Er hatte null Bock, in die Stadt zu diesem dämlichen Nichtskönner von Psychiater zu fahren. Nach diversen Vorfällen in der Vergangenheit war er verpflichtet, zu diesem Arschloch zu gehen.

„Mitten in der Stadt", stöhnte er und stellte sich das Stimmengewirr in seinem Kopf vor, von dem er die letzten Wochen verschont geblieben war. Der Gedanke alleine reichte, um ihn an den Rand des Wahnsinns zu treiben.

Du gehst da hin!, rief die Stimme seiner Mutter in seinem Schädel.

„Nicht schon wieder", seufzte er und stampfte mit dem Fuß auf wie ein kleines Kind. Trotzig rief er: „nein."

Schreiend vor Schmerzen fiel er zu Boden, als sich eine glühend heiße Nadel in seine Stirn bohrte.

Du gehst da hin!, schrie seine Mutter.

Wimmernd, zusammengerollt wie im Mutterleib, schluchzte er: „Ja, ich gehe, Mutter."

Die Schmerzen verschwanden.

Wenn du brav warst, darfst du an meiner Muschi lecken, kicherte Penny.

Stöhnend erhob er sich, lief zur Toilette und kotzte die Schüssel voll.

Vier Stunden später, mit drei Benperidol im Magen und fünf weiteren in der Tasche, parkte er in der Tiefgarage des riesigen Hochhauses. Mit der U-Bahn zu fahren war unmöglich, trotz der starken Medikamente. Er bevorzugte das Auto und missachtete die Tatsache, dass er schon längst keinen

Führerschein mehr besaß. Den Aufzug meidend, lief er über das Treppenhaus zunächst an die frische Luft.

„Scheiße!", fluchte er, fingerte zwei weitere Benperidol aus seiner Tasche und schluckte sie hinunter. Schlagartig verringerte sich die Lautstärke der Stimmen. Zufrieden atmete er dreimal tief durch, dann betrat er das Gebäude. In der Lobby wartete er, bis ein leerer Aufzug erschien. Schnell quetschte er sich in die Kabine und drückte den entsprechenden Stockwerksknopf. Ohne anzuhalten, fuhr der Aufzug durch.

Dr. Dr. Henry Holmes stand in großen Buchstaben auf der goldenen Tafel an der Tür. Kopfschüttelnd trat Norman ein.

„Hallo", schnauzte ihn die Dame am Empfang an.

„Ich habe einen Termin."

„Alle, die hier reinkommen, haben einen Termin. Ihr Name?", ging die Unterhaltung im selben Tonfall weiter. Norman hatte Mühe, sich auf ihre reale Stimme zu konzentrieren. Ihre unterbewusste Gereiztheit bereitete ihm Unbehagen.

„Wartezimmer 3", blaffte sie und zeigte mit ihrem Finger in die Richtung. Das obligatorische Dankeschön sparte er sich. Ein Seufzen unterdrückend, nahm er im Zimmer auf dem letzten freien Stuhl Platz. Nervös spielte er mit einer weiteren Tablette in seiner Hand. *Noch nicht*, maßregelte er sich und hörte den nun deutlicheren Stimmen zu. Nach fünf Minuten hielt er es nicht mehr aus. Auf der Toilette wusch er sich das Gesicht mit kaltem Wasser und schluckte die Tablette.

Durchhalteparolen flüsternd, betrat er den Flur. Eine Frau stand plötzlich vor ihm.

Ich könnte dich töten, dachte sie und schaute ihm grinsend in die Augen.

„Ich dich auch", zischte er.

Mit einem Aufschrei lief sie davon und verschwand um die Ecke.

Sein Name wurde aufgerufen. Erleichtert, nicht zurück ins Wartezimmer zu müssen, betrat er das gemütlich eingerichtete Zimmer. Mit einem dämlichen Grinsen wies ihm der Psychiater den Platz auf der Couch zu. Norman legte sich hin und schloss die Augen. *Es wird nicht lange dauern*, machte er sich Mut und wartete.

„Wie geht es Ihnen heute, Norman?"

„Gut", log er.

„Das ist doch schön zu hören", erwiderte der Arzt. Das Rascheln von Papier ließ Norman darauf schließen, dass er sich mit seiner Akte beschäftigte.

„Gut, gut, Norman. Schön, dass Sie Ihre Termine fast regelmäßig wahrnehmen. Bei unserem letzten Gespräch blieben wir beim Unfall Ihrer Mutter stehen. Sollen wir dort weitermachen oder gibt es etwas Wichtigeres, was Sie loswerden möchten?"

„Nein", den Rest dachte er sich.

„Sie sagten, es war ein Unfall?"

„Ja, es war ein Unfall. Sie stolperte und fiel vor den Zug."

„Warum grinsen Sie?"

Norman sparte sich die Antwort und versuchte, seine Gesichtsmuskeln zu entspannen. Die Stimmen wurden lauter. Der erste Schweißtropfen lief von seiner Stirn.

„Sind Sie stabil genug, um den Vorgang zu beschreiben?"

„Wie ich schon sagte, erinnere ich mich nicht mehr genau daran. Meine Mutter stolperte. Ich war mit 13 nicht in der Lage, sie zu halten, als sie auf die Gleise fiel."

Die fette Kuh hätte niemand gehalten, dachte er und presste die Lippen aufeinander, um ein weiteres Grinsen zu vermeiden.

„Wie fühlen Sie sich jetzt?"

„Etwas unwohl. Immerhin veränderte sich seit diesem Zeitpunkt mein Leben", antwortete er routinemäßig.

„Die inneren Stimmen setzten dann gleich nach dem Unfall zum ersten Mal ein?"

„Ja, sofort. Seit diesem Moment."

„Wie ich Ihrem Bericht entnehme, gibt es viele besondere Stimmen, die zu Ihnen sprechen."

„Meistens sind es meine anderen Persönlichkeiten", erwiderte er automatisch.

„Sind sie immer präsent?"

„Ja, regelmäßig."

„Haben Sie einmal in Erwähnung gezogen, dass es sich dabei um das Es, das Ich und das Über-Ich nach Siegmund Freuds Theorie handelt?"

Was für ein Idiot, dachte Norman und antwortete: „nein."

„Sag ihm, dass du es warst, der mich vor den Zug warf", geiferte plötzlich seine Mutter. Ein Schauer lief über seinen Rücken.

„Norman, ist etwas?"

Tief durchatmend setzte er sich auf und sagte: „Seit Neuestem redet meine Mutter mit mir."

„Interessant"

Nicht interessant, du Arschloch, sondern beängstigend, dachte er.

„Sie redet mir ein schlechtes Gewissen ein."

„Im Bezug zum Unfall?"

Das Gemurmel der Gedankenstimmen nahm zu, unversehens schrien alle, *gib es zu, du Mörder.*

Norman schwitzte, seine Hände zitterten.

Sei ein Mann und sag es ihm, höhnte seine Mutter mit den anderen im Chor.

„Fühlen Sie sich schuldig am Unfall, Norman?"

Das war zu viel. Mit einem Aufschrei sprang er auf, stellte sich dem Psychiater gegenüber und umklammerte dessen Hals.

„Natürlich bin ich schuld. Ja, ich habe sie getötet. Bist du jetzt zufrieden, Mutter? Seid ihr jetzt alle befriedigt?", schrie er und drückte fester zu. Verzweifelt versuchte der Arzt, den Notschalter unter der Schreibtischplatte zu erreichen. Völlig außer Kontrolle plapperte Norman vor sich hin, drückte mit beiden Händen fester zu.

Schaum lief aus seinem Mund und tropfte auf den Ebenholzschreibtisch. Mit einem Schlag ins Gesicht befreite sich der Arzt, haute auf den Knopf - und verfehlte ihn.

Norman griff nach dem Briefbeschwerer und schlug zu. Benommen fiel der Arzt auf seinen Schreibtisch. Blind vor Wut hämmerte er immer weiter auf die Schädeldecke, bis sie mit einem hässlichen Geräusch zerbrach. Gehirnflüssigkeit, vermischt mit Blut, breitete sich auf den Tisch aus. Erst als das Gehirn des Psychiaters frei lag, hörte er auf.

„Da, rein mit euch, in sein Hirn, damit er mich endlich versteht!", schrie Norman über das höhnische Lachen in seinem Schädel hinweg.

Durch einen blutigen Nebel fand er langsam in die Wirklichkeit zurück.

Das hast du gut gemacht, höhnte Mutters Stimme.

Angewidert, und geschockt von seiner Tat, trat Norman einen Schritt zurück. Reale Stimmen auf dem Flur erklangen und lösten die Blockade. Mit einem Satz sprang er zur Tür und drehte den Schlüssel um. Gerade noch rechtzeitig. Die Klinke bewegte sich nach unten, jemand fluchte und hämmerte gegen die Tür.

Das alles hörte Norman nicht mehr. Am Waschbecken säuberte er sich grob, warf sich das Jackett vom Kleiderständer über, schnappte das vorbereitete Rezept und öffnete das Fenster. Nach einem kurzen Check stieg er hinaus. Auf einem Sims stehend, richtete er seinen Blick in die Ferne. Seltsamerweise verstummten alle Stimmen und er konzentrierte sich auf die drei Meter, die vor ihm lagen, bis zu einem Vorbau. Ohne Zwischenfall erreichte er sein Ziel, betrat das kiesbedeckte Dach und rannte zu der einzigen Tür des Nebengebäudes.

„Abgeschlossen", fluchte er und hörte lautes Rufen hinter sich. Hastig sah er sich um und entdeckte die Feuerleiter. Zwei Minuten später sprang er auf den Boden, lief aus der Gasse und mischte sich unter die Menschenmasse.

Ich muss raus aus der Stadt, überlegte er und sah zu seiner Erleichterung die perfekte Fluchtmöglichkeit. Ein Jugendlicher stand mit seinem Auto und laufendem Motor vor einem Geschäft. Norman umrundete das

Fahrzeug, öffnete die Tür und ließ sich auf den Rücksitz fallen.

Verwundert drehte sich der Fahrer rum und schluckte herunter, was er sagen wollte.

„Du bist doch ein Taxi, und du bringst mich raus aus der Stadt", zischte Norman und hielt sein Messer an die Kehle des Jungen, der mit Schweißperlen auf der Stirn vorsichtig nickte. Norman zog sich zurück und wartete.

„Wohin?", stotterte der Junge. Uringeruch verbreitete sich im Wagen. Kopfschüttelnd antwortete Norman: „Raus aus der Stadt, Richtung Norden - und keine Dummheiten."

„Ja, Sir", erwiderte der Junge und reihte sich in den fließenden Verkehr ein. Nach zwei Stunden Fahrt hielten sie auf einem leeren Rastplatz an. Norman befahl dem Jungen sich auszuziehen und jagte ihn nackt in den vor ihm liegenden Wald.

„Ich werde eine weitere Identität und ein neues Zuhause brauchen", sagte er und fuhr in den Nachbarort. Am Bahnhof suchte er einen Parkplatz, stieg aus und betrat das kleine Bahnhofsgebäude. Im Keller an den Schließfächern holte er den Schlüssel hervor, der an einer Kette um seinen Hals hing, und schloss das Fach mit der Nummer 666 auf. Ein Aufenthalt in der Irrenanstalt und diverser Krankenhäuser hatte auch sein Gutes. Man lernte interessante Leute kennen. Zufrieden holte er die Tasche heraus und lief pfeifend zurück zum Wagen. Dem Landstreicher, der ihn anbettelte, trat er ins Gesicht und ignorierte die wenigen brüskierten Passanten.

„Neuer Pass, Medikamente und genug Geld. Die Frage lautet, wohin?", sagte er und startete den Wagen.

AUFTRAG

Exorzismus ist eine Form der Nächstenliebe, die den Leidenden hilft, stand auf der Bibel, die am Ende des Seminars allen Teilnehmern überreicht wurde. Jetzt war er einer von zweihundertfünfzig offiziell von der Kirche ernannten Exorzisten. Seine Handlung war hiermit legitimiert. Wer hätte das gedacht, nach der niederschmetternden Nachricht vor einem Jahr.

Alleine im Zugabteil von Rom zurück in die Heimat, streichelte er zärtlich das in schwarzem Leder gebundene Buch. Übervorsichtig schlug er es auf und blätterte, bis er fand, wonach er suchte. Diese spezielle Ausgabe beinhaltete nicht ausschließlich Dämonen vertreibende Sprüche, sondern barg ein Geheimfach, das er öffnete. Ehrfürchtig, ohne den Mut den Inhalt zu berühren, bestaunte er die vom Papst persönlich geweihten Utensilien. Ein mit dem aktuellen Papstwappen verzierter Flakon, gefüllt mit Weihwasser aus dem Petersdom. Ein goldenes Kreuz mit dem leidenden Jesus und darunter eine spezielle Rosenkranzkette. Die Zählkette der einzelnen Gebete barg eine Besonderheit. Nicht wie üblich neunundfünfzig Perlen, sondern zwölf und ein kleines Kreuz zierten die goldene, feingliedrige Kette. Kurze Gebete zum Austreiben des Teufels dienten dem Ritus der Wiederholung, bei der das Leben Jesu durch die Augen des Exorzisten gesehen wird und der Betroffene Frieden erfährt. Lächelnd schloss er das Buch und steckte es in seine Soutane. Ein weiteres Privileg, das er ab jetzt besaß. Theoretisch durfte er das spezielle Kleidungsstück nur bei der Ausführung des Exorzismus tragen, doch er war nicht stark genug, zu widerstehen. Am liebsten würde er es beim anstehenden Gottesdienst in seiner Kirche tragen. Lächelnd schüttelte er den Kopf, wohlwissend, dass er es nicht tun würde. Es würde genau wie das Buch in die schwarze Eichenholzkiste wandern, sobald er Zuhause war. In der Kiste lagen weitere Hilfsmittel, deren Anwendung ihm beim Seminar sehr detailliert erläutert wurde. Die Kiste, versehen mit einem Pentagramm, stand unter seinem Sitz, eingepackt in schwarzer

Folie, um sie vor neugierigen Blicken zu schützen.

Zuhause angekommen, verstaute er die Utensilien in einer größeren Kiste unter seinen Gewändern in der Sakristei. Sicherheitshalber befestigte er ein Vorhängeschloss, um sie vor den vorwitzigen Ministranten zu schützen. Zufrieden setzte er sich in die erste Reihe seiner Kirche und ließ das Seminar vor seinen inneren Augen nochmals ablaufen. Erst jetzt fiel ihm auf, dass er der Einzige aus Deutschland war. Die Anwesenden kamen vorwiegend aus Italien und Polen. Im Vatikan war man bedacht darauf, dass jeder verstand, um was es ging. Eine Simultanübersetzung sorgte dafür, dass es keine Missverständnisse gab. Beeindruckt nickte er und sagte die zwölf Gebete auf, die er gelernt hatte.

„Und jetzt gehen wir zum Alltag über", meinte er und stattete seiner Vertretung einen Besuch ab.

Keine zwei Wochen später gesellte sich der Bischof unter die Gläubigen der Sonntagsmesse. Er trug zivile Kleidung, doch Gabriele erkannte ihn an der goldenen Aura, die seinen Körper umgab.

„Eine schöne Predigt", sagte der Bischof, nachdem sie sich auf der Bank im kleinen Kirchgarten niederließen.

„Danke, was führt Euch zu mir?"

„Ich suche nach Veränderungen durch das Seminar. Meine erfreuten Augen und Ohren sahen keine, was das Herz mit Glückseligkeit erfüllt", säuselte der Bischof.

Gabriele hasste das geschwollene Geschwafel, aber er spielte mit.

„Gott gab mir nur eine zusätzliche Aufgabe."

„Bescheidenheit ist eine besondere Tugend. Sie steht Ihnen gut."

Gabrieles Blutdruck stieg, als ihm klar wurde, dass es nur einen Grund gab, warum sein Oberhaupt hier war. Mit unbändiger Willenskraft verbarg er die Freude auf das Unvermeidliche.

„Ihr ahnt es schon?", fragte der Bischof.

„Mir war von Anfang an bewusst, dass Ihr mich auf das Seminar schickt, weil es die Hilfe eines Exorzisten bedarf."

Verstohlen schaute sich der Bischof um und flüsterte: „In der Tat. Lasst uns die Einzelheiten in der Kirche besprechen."

Schneller als erwartet, überlegte Gabriele und verbarg seine Glücksgefühle so gut wie möglich.

„Ihr lächelt?", fragte der Bischof und schaute ihn fragend an.

„Die Freude, eine arme Seele von ihren Leiden zu befreien, lenkt meine Gefühle. Verzeiht mir", redete er sich heraus.

Die Vorfreude der Konfrontation mit einem Dämon brachte sein Blut in unerwartete Wallungen. Seine einsetzende Erektion verbergend, lauschte er seinem Vorgesetzten.

DEAL

„Marcel, was soll das ganze Getue?"

„Ach Mel, ich will mich doch nur mit dir unterhalten."

„An so einem abstoßenden Ort?"

„Das hat seinen Grund."

„Da bin ich aber gespannt."

„Oh, du wirst schon sehen – versprochen."

„Nicht schon wieder dieses Thema. Du hast nichts gegen mich in der Hand. Ben ist vielleicht auf den Fidschi-Inseln."

„Das glaubst du doch selbst nicht."

„Behalte die Hirngespinste, die du dir an den paar Haaren herbeigezogen hast, für dich", wurde Melanie lauter.

Marcel lehnte sich zurück, sparte sich eine Antwort und grinste sie siegessicher an. Sie saßen sich in einem schmuddeligen Restaurant gegenüber, unweit des Instituts. Niemals käme sie auf den Gedanken, sich hierher zu verirren, geschweige denn etwas zu essen. Die mit Lippenstift verschmierte Kaffeetasse rührte sie nicht an. Langsam wurde sie ungeduldig und ärgerte sich, seine Einladung angenommen zu haben.

„Ihre Lasagne, Mister. Miss, wollen Sie jetzt doch etwas essen?", meinte die Bedienung und stellte den Teller unüberhörbar vor Marcel ab.

„Nein, danke", antwortete sie und musterte die verschmutzte Schürze der Kellnerin. Angeekelt erhob sie sich.

„Ich kenne den Pathologen des hiesigen Krankenhauses", sagte Marcel und steckte sich die prall gefüllte Gabel in den Mund.

Scheiße, schoss es Melanie durch den Kopf.

„Setze dich wieder, deine Beine zittern", schmatzte er.

Ihr war bewusst, dass sie keine gute Lügnerin war. Erleichtert, wieder zu sitzen, schluckte sie den Kloß in ihrem Hals hinunter und entschied, zunächst abzuwarten.

„Er hat eine Fitnesstrainerin aufgeschlitzt. In seinem Bericht steht, dass sie an Tollwut mit vorangegangener Meningitis verstarb. Da es keinen interessiert, wurde sie eingeäschert."

Melanies Knie begannen zu zittern. Verzweifelt versuchte sie, ihre Nervosität zu verbergen.

„Zufälle gibt es", höhnte Marcel und beförderte eine weitere Gabel in seinen Mund.

„Auf was willst du hinaus?"

„Zufälligerweise lösen deine zuletzt bestellten Mittelchen Tollwut-Symptome aus."

„Zufall", versuchte Melanie zu retten, was nicht mehr zu retten war.

„Die Kleine war im selben Studio wie dein Ex-Gatte."

„Wusste ich gar nicht, ebenfalls Zufall", antwortete Melanie. Ihre Selbstsicherheit schmolz wie Eis in der Sonne.

„Dort munkelt man, dass Ben sie gevögelt hat", schmatzte er.

„Sie waren so laut im Geräteraum, dass jeder davon wusste", setzte er den Schlusspunkt. Genüsslich wischte er sich mit der Serviette den Mund ab und legte sie auf den Teller.

Melanie atmete tief ein, griff nach der Tasse und trank das widerliche Getränk, das sich Kaffee nannte, in einem Zug leer. Noch hoffte sie auf einen Rat ihrer inneren Stimme - vergebens.

Er hat mich in der Hand. Die Polizei hat er nicht gerufen. Was will der Scheißkerl?, fragte sie sich.

„Magst du noch einen Kaffee?", säuselte er.

Zurückgelehnt, alle Muskeln angespannt, gab sie auf und flüsterte: „Was willst du?"

„Das war einfacher als gedacht", lachte er und setzte ein trauriges Gesicht auf.

„Hast du gewusst, dass meine Grundlagenforschung dich auf die Idee zur Kreation des Virus brachte?"

„Ich soll lügen?", entsetzte sich Melanie.

„Ich lass dir gerne deine Wahrheit, mit allen Konsequenzen", konterte Marcel.

„Versteh ich das richtig? Du willst an den Honigtopf?"

„Nicht nur kosten, Mel - im Ruhm baden."

„Das ist deine Bedingung?"

„Nicht nur", grinste er.

„Was noch?", zischte Melanie.

„Ich will dich einmal vögeln."

„Du willst was…?", stotterte sie fassungslos.

„Du hast richtig gehört. Das sind meine Bedingungen", lächelte Marcel und sah sie mit gierigem Blick an.

In Gedanken hat er mich schon ausgezogen, das Schwein, dachte Melanie und verstand überhaupt nicht, warum er scharf auf sie war. Geschlechtsverkehr hatte bei ihr nie oberste Priorität. Es musste in der Ehe ab und zu sein. Okay, nach mehr verlangte sie es nie. Ihr Äußeres war nicht unbedingt anziehend. Ihre Brüste waren winzig, ihr Hintern flach. Ansonsten hatte sie nichts Erregendes zu bieten. Dann fiel ihr das Warum ein.

Es geht ihm um Demütigung und Erniedrigung. Einzig und alleine das steckte dahinter. Meine Diffamierung von ihm. Typisch Mann, fiel ihr ein, und sie räusperte sich.

„Und wie hast du dir das vorgestellt?", fragte sie.

„Wir fahren jetzt sofort zu dir und tun es", sagte Marcel, ohne rot zu werden.

„Du wirst maßlos enttäuscht sein", gab sie zurück.

„Lass das meine Sorge sein. Später besprechen wir die weiteren Einzelheiten", erwiderte er und erhob sich. Langsam spazierte er zur Tür und rief der Bedienung zu: „Die Lady zahlt". Dann verschwand er nach draußen.

- — -

Angeekelt zog sie sich von ihm zurück. Glücklicherweise hielt sein Stehvermögen nicht lange. Sie starrte zur Decke, als sich ein Brennen zwischen ihren Schenkeln ausbreitete.

Bitte keine Geschlechtskrankheit, betete sie in Gedanken.

Er lag nackt und breitbeinig grinsend mit seinem Stummelschwanz im Bett.

„Wie war ich?"

„Gut", log Melanie, obwohl sie nicht wusste, wie sich richtig guter Sex anfühlte.

„Lügnerin", lachte Marcel.

„Ich geh ins Bad", erwiderte sie, rollte die Decke um ihren Körper und verschwand.

Nach einer halben Stunde, während derer sie eine Flasche Duschgel verbrauchte, kam sie zurück und fand ihn in der Küche, wo er immer noch nackt vor der Kaffeemaschine stand.

Angewidert, im Kopf schon die Desinfektionsaktion durchgehend, wenn er das Haus endlich verließ, gab sie ihm zu verstehen, sich endlich etwas anzuziehen. Erleichtert sah sie, dass er angezogen aus dem Schlafzimmer zurückkam. Den Anblick seines Stummelschwänzchens hätte sie nicht länger ertragen.

„Dann wollen wir mit deinem neuen Bericht zu Mystic loslegen", grinste er, schenkte die schwarze Brühe in die bereitgestellten Tassen und öffnete seinen Laptop.

Du musst den Kerl loswerden, flüsterte ihre innere Stimme, und sie erwiderte: *Ich weiß, nur wie?*

Langsam, aber sicher formte sich in ihrem Kopf ein Plan.

„Mel?"

„Ja, rede nur weiter", erwiderte sie und war mit ihren Gedanken ganz wo anders.

EMELY

„Hallo, mein Name ist Pater Gabriele", begrüßte er den Arzt und die Eltern des angeblich besessenen dreizehnjährigen Mädchens.

„Mein Name ist Dr. John Adams, ich bin der Psychiater", nickte ihm der schmächtige Mann ängstlich zu. Seine Aura wechselte ständig von Gelb zu Grün.

„Wir sind die Eltern von Emely", flüsterte die Mutter und versuchte zu lächeln - es misslang kläglich. Ihre Aura leuchtete in einem hellen Orange. Der Vater hingegen barg ein Geheimnis, das sah er sofort, auch ohne die dunkelgraue Aura, die ihn umgab.

„Wo ist Emely?", fragte er und folgte der Mutter und dem Psychiater. Der Mann blieb in der Küche. Mit einer Flasche Bier in der Hand, schaute er ihnen mürrisch hinterher.

„Hier", wisperte die Mutter und öffnete die Tür, ohne einzutreten.

Gabriele betrat das Zimmer und hielt die Luft an. Urin- und Fäkaliengestank erfüllten den Raum. Er stellte seinen Koffer auf eine

Kommode neben dem Fenster, öffnete ihn und entnahm einen Gegenstand.

„Sie müssen entschuldigen", wisperte die Mutter zu ihrer Verteidigung.

„Lassen Sie uns alleine", lächelte er ihr aufmunternd zu. Erleichtert schloss sie die Tür. Gabriele holte tief Luft und drehte sich zu Emely um. Mit vier Stricken an den Bettpfosten gefesselt, starrte sie ihn apathisch mit glasigen Augen an.

„Prazepam, vor drei Stunden verabreicht", sagte der Psychiater und zog sich in den Hintergrund auf einen Stuhl zurück. Es war üblich, dass er der Zeremonie beiwohnte. Eine Regel, die Gabriele verabscheute.

„Was geht ab, Emely?", fragte er und setzte sich auf die Bettkante. Längst schon hatte er erkannt, dass das Mädchen besessen war. Ihre Aura leuchtete schwarz. Neugierig sah er ihr in die Augen und fuhr fort: „Was denkst du, wer ich bin?"

„Ein Teufelsaustreiber", zischte Emely.

„Und, bin ich richtig bei dir?"

„Sag du es mir, Pfaffe."

„Schlagfertig, das gefällt mir."

Der Psychiater räusperte sich.

Gabriele drehte sich blitzschnell zu ihm um. Sein Blick reichte, um irgendwelche weitere Kommentare im Keim zu ersticken.

„Wie gefällt dir mein Kreuz?"

„Wenn es auf dem Kopf steht, dann ja", lachte sie mit einem höhnischen Unterton.

„Drehen wir es einfach um", grinste Gabriele und tat es.

„Blatero", grunzte Emely.

„Du nennst mich einen Schwätzer? Ich habe getan, was du wolltest, ist dies der Dank?"

„Fungus."

„Hohlkopf, soso. Woher kannst du so gut Latein?"

„Diabolus docuit me", zischte Emely. Ihre Aura wuchs an und vibrierte in tiefem Schwarz.

„Hast du den Teufel persönlich gesehen, oder nur einen armseligen Dämon?", lächelte Gabriele und öffnete das lederne Buch, entnahm den Flakon und verbarg ihn in der Hand. Mit der anderen drückte er blitzschnell das goldene Kreuz auf Emelys Stirn.

„Im Namen Jesu Christi, unserem Gott, durch die Fürsprache der unbefleckten Jungfrau Maria, des seligen Erzengels

Michael, der Apostel Petrus und Paulus. Als Anvertrauter ausgestattet mit der heiligen Autorität, befreie ich die Plage des teuflischen Betrugs. Möge die Macht deiner Heilung sein Herz mit Gott versöhnen und der siegreichen Rückkehr Christi, unseres Herrn, erleben. Dämon, weiche von dieser Frau", sagte er emotionslos, ohne sich von ihrer Gegenwehr beeindrucken zu lassen. Es zischte, als sich das Abbild Jesus' in ihre Stirn einbrannte. Brandgeruch mischte sich unter die Ausscheidungsgerüche.

„Es…", versuchte der Psychiater zu sagen, verstummte jedoch schlagartig, als die Tür aufflog und der Vater, mit einer Axt bewaffnet, unschlüssig im Türrahmen stand. Gabriele drehte sich zu ihm und lächelte. Er war sich sicher, dass der Vater dafür sorgte, dass seine Tochter vom Dämon heimgesucht wurde. Erst jetzt erkannte er den blutenden Kopf der Mutter in der anderen Hand des Mannes.

Die arme Frau, dachte er und sprach ein kurzes Gebet.

„Lass sie los", zischte der Vater und warf den Schädel auf den Schoß des Psychiaters, der sich übergab, bevor er ohnmächtig vom Stuhl zu Boden kippte.

Langsam nahm Gabriele das Kreuz von der keuchenden Emely. In der versteckten Hand hielt er das Weihwasser, öffnete den Verschluss und wartete.

„Exorcisores daemoniorum consurge."

Gabriele gehorchte und erhob sich ganz langsam.

„Du scheiß Pfaffe, ich schlage dir jetzt den Schädel ein", höhnte der Vater und stürmte schreiend, unterstützt vom Kichern seiner Tochter, auf ihn zu. Geschickt wich Gabriele aus und spritzte dem Angreifer Weihwasser in die Augen.

Wütend schrie der Mann auf und schlug blind um sich. Gabriele wälzte sich über Emely zur anderen Seite des Bettes. Er ignorierte ihre Beißversuche und schrie laut: „Dämon, hier bin ich."

Brüllend vor Schmerzen schlug der Mann mit der Axt um sich, zertrümmerte Mobiliar und durchtrennte den Rumpf seiner Tochter. Pulsierend spritzte ihr Blut zur Decke. Gabriele nutzte die Verwirrung und warf den Rosenkranz über den Kopf des Mannes. Blitzschnell brannte sich das Kreuz in den

Hals des Vaters, der immer lauter schrie und die Axt fallen ließ. Gabriele wartete nicht, er sprang mit einem Satz auf den Mann, warf ihn zu Boden, griff nach dem Kreuz, drückte es auf die Brust und schrie: „Im Namen Jesu Christi, unserem Gott, durch die Fürsprache der unbefleckten Jungfrau Maria, des seligen Erzengels Michael, der Apostel Petrus und Paulus"… - Weiter kam er nicht. Mit einem ohrenbetäubenden Schreien fuhr die schwarze Aura aus dem Körper. Sie schlängelte sich an der Decke entlang und vereinte sich mit der des Mädchens. Gabriele griff in die Tasche und warf einen Gegenstand auf den Schemen. Die Weihwasserflasche zerbarst. Kreischend löste sich der Schatten auf, und zurück blieb nur ein nasser Fleck an der Decke. Tief durchatmend erhob sich Gabriele und drehte sich zu dem Arzt um, der am Boden lag. Vorsichtig schob er die Hand unter seinen Kopf und tätschelte mit der anderen die Wange.

„Schön, dass Sie wieder bei uns sind", lächelte er.

Als der Arzt das blutverschmierte Gesicht des Geistlichen sah, fiel er sofort wieder in Ohnmacht.

- — -

„Wie geht es Ihnen?", fragte der Bischof.

„Gut, danke der Nachfrage", lächelte Gabriele. In Wahrheit ging es ihm blendend.

„Der Vater war Mitglied in einer Teufelssekte. Bei der Obduktion der Leichen wurde festgestellt, dass das arme Mädchen von ihrem eigenen Vater besamt wurde. Mit dem ausdrücklichen Willen des Ordens, um Satan persönlich auf die Erde zurückzuholen. Die arme Mutter wusste nichts davon. Gott sei ihren Seelen gnädig."

Gabriele nickte und flüsterte ein ehrfürchtiges „Amen."

„Es wird keine Gerichtsverhandlung oder dergleichen geben."

„Wie geht es dem Psychiater?"

„Er hat sein Amt aufgegeben und sich in ein Kloster zurückgezogen."

„Ein neuer Bruder", sagte er und dachte: *so ein Feigling.*

„Hoffen wir, dass sich das so schnell nicht wiederholt."

„Im Namen Gottes", erwiderte Gabriele und bekreuzigte sich. Dass die Gier, es wieder zu tun, in ihm weiterwuchs, verheimlichte er seinem Vorgesetzten.

UNFALL

„Melanie, das ist eine gute Idee", säuselte der Professor.

„Zwei Koryphäen erhöhen den Preis von Mystic", grinste der kaufmännische Leiter des Instituts. Die Dollarzeichen in seinen Augen waren unverkennbar.

„Dann erteile ich hiermit die offizielle Zusage. Willkommen im Team, Dr. Marcel Petiot", gratulierte der Professor.

Melanie reichte allen mit zusammengebissenen Zähnen und leicht angehobenen Mundwinkeln die Hand.

Zwei Wochen waren seit ihrem Zusammentreffen vergangen. Zunächst weigerte er sich, den von ihr bevorzugten dienstlichen Weg zu beschreiten. Ihre speziellen Auslegungen schluckte er irgendwann und gab sich mit dem heutigen Treffen zunächst zufrieden. Ihr eigentliches Ziel war es, Zeit zu gewinnen. Beide blieben im Besprechungszimmer zurück.

„Oh Mann, bin ich geil – du auch?“, stöhnte er und schlug mit der flachen Hand auf ihr Hinterteil.

„Lass das, wir haben eine Vereinbarung“, zischte sie.

Er ließ sich auf einen der Sessel plumpsen und erwiderte: „Muss schwer für dich gewesen sein.“

Stumm packte sie ihre Unterlagen zusammen, drehte sich zu ihm und schluckte den Satz, der auf ihrer Zunge lag, herunter.

„Essen? Italienisch, zur Feier des Tages?“

„Ich werde nach Hause gehen. Morgen starten wir eine neue Versuchsreihe, also sei pünktlich und gewaschen“, erwiderte sie und stolzierte zur Tür.

„Was…?“, stotterte er.

„Du hast richtig gehört, wir gehen rein und beobachten live.“

„Aber das ist doch gefährlich?“

„Hast du Schiss?“ Dieses Mal verbarg sie ihr Grinsen nicht.

„Du meinst in die Kammer, mit vollem Programm?“, antwortete Marcel, mehr als unsicher.

„Halt, warte! Du warst noch nie in Stufe vier?“

Beschämt blickte er zu Boden.

„Dann wirst du morgen entjungfert, um in deinem Sprachjargon zu bleiben."

Marcel stand auf, zog seinen Anzug glatt und erwiderte: „Falls du Dummheiten vorhast: Ich habe eine Abschrift in dem Tresor einer Bank."

Oh, wie unsicher bist du, lügen kannst du auch nicht. Und jetzt ist es zu spät, um das Papier in deinem Schreibtisch zu einer Bank zu bringen, überlegte sie und entschied sich, allen Eventualitäten aus dem Weg zu gehen.

„Also gut, Italiener. Du zahlst - Partner", sagte sie, griff seine Hand und zog ihn mit sich.

- — -

„War nett gestern, sollten wir öfter machen", versuchte Marcel seine Verkrampfung zu verbergen.

Sie antwortete mit „ja" und dachte: *niemals.*

Nacheinander betraten sie den Schleusenvorraum.

„Habe ich dich richtig verstanden, wir infizieren zwei Schimpansen mit der neuen Variante von Mystic?"

„Jepp", antwortete Melanie.

„Warum nicht über die Lüftungsanlage?"

„Weil ich die direkte Reaktion sehen will."

„Ist doch alles videoüberwacht."

„Hast du Schiss?", lachte Melanie.

Marcel antwortete nicht. Nackt besprühten sie sich gegenseitig mit Desinfektionsmittel. Angewidert mied sie den Blick auf sein Geschlechtsteil und betrat zuerst den nächsten Raum.

„Unheimlich", flüsterte Marcel und zog sich die Einmal-Unterwäsche über.

„Okay, wenn du meinst", erwiderte Melanie, hob einen der Anzüge aus der Halterung, und legte ihn zu Boden. Marcel reichte ihr den Luftschlauch, mit dem sie ihn aufpumpte. Gemeinsam prüften sie das speziell für Labore der Stufe vier gefertigte Kleidungsstück auf Dichtigkeit. Sie wiederholten die Prozedur mit Marcels Anzug. Danach schlüpften sie hinein und pumpten sie wieder auf. Vom Schlauch befreit, stellten sich beide vor die Schleusentür.

„Ladys first", sagte er und öffnete die Tür. Die Kreuzverriegelung verschloss das Portal. Melanie wartete, bis der Unterdruck zur nächsten Kammer der Dusche hergestellt war. Anschließend durchquerte sie die letzte Schleuse und gab Marcel den Weg zur Dusche frei. Sie tippte den Code zum Öffnen der Materialschleuse ein.

„Scheiße!", fluchte sie und wiederholte den Vorgang. Trotz des Beruhigungsmittels, das sie heute Morgen zu sich nahm, zitterten ihre Hände.

„Nicht so einfach mit den klobigen Handschuhen", lachte Marcel hinter ihr.

Die Angst in seiner Stimme motiviert, dachte sie und griff nach den zwei Sprühdosen. Die präparierte reichte sie Marcel. Er streckte die Hand aus… und zog sie wieder zurück. Melanie kannte die Angst und hatte genau null Komma vier Sekunden Verständnis für ihn.

„He, Waschlappen, nimm endlich die Dose!", rief sie lauter als gewollt. Eingeschüchtert packte er zu. Melanie löste ihren Griff erst, nachdem er sie fest in der Hand hielt und nickte.

„Und jetzt?", wisperte er und drehte sich um.

Das Schleusensystem für meine Rückkehr ist bereit, dachte sie mit Blick auf das grüne Licht.

„Wie lange bleiben wir?", fragte Marcel. Sie hörte mit Vergnügen das Zittern in seiner Stimme.

„Nicht lange. Du brauchst keine Angst zu haben. Die Tiere sind hinter Gittern und mit elektronischen Schlössern versehen."

„Ich habe keine Angst. Wie gehen wir vor?"

Und ob du Schiss hast, dachte Melanie und verbarg ihr Grinsen nicht.

„Ich den Vorderen, du den Hinteren. Vor den Käfig stellen und dreißig Sekunden ins Gesicht des Versuchstieres sprühen, dann beobachtest du jede klitzekleine Reaktion und kommentierst mündlich. Die KI wird später einen Bericht daraus anfertigen. Also rede laut und deutlich, lieber zu viel als zu wenig. Ich zuerst, und auf mein Zeichen bist du an der Reihe, alles verstanden?"

„Klaro, bin doch kein Anfänger", erwiderte er.

Jetzt hat er mitbekommen, dass die Audioaufzeichnung läuft, der Trottel, grinste sie und sah zu, wie er unsicher in Position ging. Sein Blick wechselte noch einmal vom Schlauch, seiner Lebensversicherung, zu seinem Versuchstier, bevor er in die Hocke ging.

„Bereit", sagte er.

Hoffentlich lässt er die Dose nicht fallen, überlegte Melanie und beugte sich zu ihrem Versuchstier herunter.

Der Schimpanse glotzte sie mit dem Rücken zur Wand schüchtern an.

„Kontamination", sagte Melanie und drückte auf den Auslöser. Verängstigt versuchte das Tier, dem rosa Nebel auszuweichen. Mit beiden Händen im Gesicht, um sich die Flüssigkeit wegzuwischen, sah sie seinen steifen Penis.

„Phase eins, läuft. Erektion eingesetzt, verdrehen der Augen, schmatzende Laute, inklusiver knurrendem Magen", sagte sie professionell ins Mikrofon.

Vorsichtig tastete sie sich zum Türverschluss und sagte: „Marcel, jetzt du."

„Alles klar", erwiderte er und betätigte den Sprühkopf - nichts passierte!

„Scheiße, was ist das?", rief er und presste fester. Melanie zog den Daumen ihrer künstlichen Hand zum Ballen und drückte den Knopf des Zünders, den sie in den Kunststoff gebohrt hatte. Die Dose explodierte in seiner Hand, riss seinen

Anzug auf und hüllte ihn in einen rosa Nebel.

„Nein!", schrie Melanie, riss die Tür auf und schlüpfte in die Schleuse. Langsam verbreitete sich der Nebel und hüllte den Raum ein. Sie traute sich nicht weiter, legte die Hand mitfühlend auf die Tür und starrte durchs Fenster. Mystics' Nebel kondensierte und gab den Blick auf den am Boden liegenden Marcel frei.

„Scheiße!", fluchte sie wiederholt und hoffte, dass er sich nicht mehr bewegte. Er tat ihr den Gefallen nicht.

„Mel, verdammter Mist!", brüllte er, befreite sich von den Resten seines Anzuges und erhob sich. Blutverschmiert wankte er auf die Tür zu.

Mystic, schneller, fluchte sie und erschrak, als seine Faust gegen die Tür donnerte. Sein Gesicht, zu einer Fratze entstellt, erschien vor dem Fenster. Melanie wich zurück.

„Ich will raus hier!", brüllte er, wankte und fiel zu Boden.

„Mel, ich liebe dich", weinte er plötzlich und riss sich mit den Zähnen einen Fleischfetzen aus seinem Unterarm. Er ignorierte den Kot, den die Primaten nach ihm warfen, schmatzte und weinte. Seine Hände glitten zur Brust, und laut lachend bohrte er sich die Fingernägel in die Haut.

Melanie wusste, was jetzt kam, drehte sich um und weinte echte Tränen. Blut spritzte gegen das Fenster, untermalt von schmatzenden Fressgeräuschen der drei zum Tod geweihten Lebewesen.

Melanie starrte auf das grüne Licht der Duschkammer. Zitternd stieg sie über die Begrenzung und schwenkte ihre Füße in der Flüssigkeitsbox. Tief einatmend schloss sie die Tür und drückte den Auslöser. Den Wasserschwall ignorierend, der auf sie herabprasselte, lauschte sie. Die einsetzende Sirene war nicht zu überhören, genau wie das blinkende Rotlicht.

„Mein Gott, wie furchtbar", flüsterte sie.

Ich liebe dich, hat er gesagt, heulte Melanie und wartete die sechs Minuten dauernde Dusche geduldig ab. Nach der Freigabe öffnete sie die Tür und spulte die Routine ab, die nötig war. Hüpfend, um die Tropfen abperlen zu lassen, wartete sie, bis das Gebläse den Anzug völlig getrocknet hatte. Hastig schlüpfte sie heraus und rannte zu dem kleinen Monitor im Ankleideraum.

LIEBE

Die Notbeleuchtung tauchte den Raum in ein düsteres Zwielicht. Marcel lag am Boden, die Hände umklammerten seine freiliegenden Rippenbögen.

„Scheiße", stöhnte Melanie, ihre Gedanken spielten verrückt.

Was habe ich getan?

Das Richtige.

Aber er liebte mich.

Glaubst du das wirklich?

Nein. Oder vielleicht doch? Ich bin eine Mörderin und eine Gefahr. Wen töte ich als Nächstes?

Beruhige dich, alles wird gut.

Nein, nein, nein...

Ohnmächtig brach sie zusammen.

- — -

„Erst Ihr schrecklicher Unfall, dann das Verschwinden Ihres Mannes und jetzt das Unglück. Melanie ich kann nicht anders, als Sie von dem Projekt abzuziehen und in Urlaub zu schicken."

„Ich verstehe das nicht, wie kann sowas passieren?", flüsterte sie.

„Sabotage, oder einfach nur verdammtes Pech. Wir wissen es nicht. Aktuell deutet alles auf eine defekte Dose hin."

„Ich habe das Prozedere schon so oft durchgeführt. Nie gab es Probleme."

„Es wird schwer, die wahre Ursache zu ergründen. Die Kammer ist kontaminiert und wird vorsorglich versiegelt. Erst nach zwei Monaten wird sie desinfiziert und wieder einsatzbereit sein. Von der Dose ist sowieso nichts mehr übrig."

„Ich verstehe das nicht."

„Wir auch nicht. „Unglückliche Umstände" haben wir den Vorfall bezeichnet."

Melanie stöhnte, ihr Kopf schmerzte fürchterlich. Trotzdem verinnerlichte sie die Information bezüglich der Sprühdose. Ihre Präparation am frühen Morgen war genau nach Plan verlaufen. Der Plastiksprengstoff, mit der Zündpille am Boden der Dose, war erfolgreich. Sie wunderte sich immer noch darüber, wie schnell und problemlos die Beschaffung über das Internet funktionierte.

„Sie haben nur überlebt, weil Sie geistesgegenwärtig das Schleusensystem betraten. In der ersten Kammer ist Mystic noch nachweisbar."

Verwundert erhob sie sich von der Liege, ignorierte den Schwindel und fragte: „Wie lange bin ich schon hier?"

„Zwei Stunden."

Erleichtert atmete sie aus und wehrte sich nicht, als die Krankenschwester sie sanft, aber bestimmt, zurück auf die Liege drückte.

„Melanie, wir sind Ihnen zu Dank verpflichtet. Ihr Name wird immer in Verbindung zu Mystic stehen, zumindest intern, das verspreche ich Ihnen. Und jetzt befehle ich eine Auszeit, solange Sie wollen."

„Aber unser Auftraggeber…", protestierte sie.

„Es ist schon alles geregelt. Die Übergabe findet übermorgen statt. Was die mit Mystic anstellen, liegt nicht mehr in unserer Hand."

„Wir haben alle Rechte abgegeben?"

„Und dafür den doppelten Kaufpreis erzielt."

„Meine Forschungen…?"

„Melanie, jeder zahlt seinen Preis."

„Aber..."

„Jetzt erholen Sie sich erst einmal. Und wenn Sie zurückkommen, werden wir Ihre

Professur veröffentlichen. Ein neues Team wird zusammengestellt und ein ultramodernes Labor wird fertiggestellt. Dort dürfen Sie weiterforschen – Budget nach oben offen. Das ist das Mindeste."

„Danke", stotterte sie.

Mit allem hatte sie gerechnet, nur damit nicht. Mystic wurde ihr abgenommen – ihr Baby. Ihre Gedanken überschlugen sich. Blutige Bilder von Bens Todeskampf, den Primaten und Marcel wechselten sich in Millisekunden ab, bis die Schwärze sie erneut einholte.

- — -

Wieder zu Hause, brühte sie sich einen Kaffee und setzte sich an den neuen Esstisch. Die Kopien der Rechteverzichterklärung und die Verschwiegenheitsklausel lagen vor ihr.

Kopfschüttelnd sagte sie: „Ben, die Schlampe und Marcel - bin ich stolz auf meine Leistung? Ja, bin ich. Doch was kommt als Nächstes?"

Das liegt bei dir Melanie, flüsterte die Stimme in ihrem Kopf.

„Mir liegt die Welt zu Füßen", kicherte sie und leerte die Tasse.

„Mein Baby ruft", gluckste sie und erhob sich. Fröhlich pfeifend hüpfte sie Stufe für Stufe die Treppe zum Keller hinunter. Vor der roten Tür blieb sie stehen und legte ihr Ohr an das kalte Metall.

„Ich komme, Mama ist gleich bei dir", lachte sie und drückte die Klinke herunter. Im Labor öffnete sie ein verstecktes Kühlfach und nahm eine halblitergroße Flasche heraus. Mit ihrer künstlichen Hand glitt sie sanft über den Behälter. Sie fühlte die Kälte des Glases, obwohl es unlogisch war. Trotzdem war sie überzeugt davon.

„Hallo, Mystic", flüsterte sie, dem Wahnsinn näher als ihr bewusst war.

IDEAL

„Eine schöne Gegend."

„Stimmt, und so still."

„Ein Anhalter…, schnell weiter."

„Warum? Seien wir freundlich, ein wenig Unterhaltung wäre doch nett."

„Ich weiß nicht."

„Ich habe ein gutes Gefühl."

„Frauen und ihre Gefühle."

Norman setzte sein freundlichstes Lächeln auf und dachte: *Ein Wohnmobil - perfekt.*

„Danke fürs Mitnehmen", sagte er, warf die Tasche auf den Sitz und kletterte in den Caravan.

„Wohin des Weges, Wandersmann?", lächelte die hübsche Mittdreißigerin auf dem Beifahrersitz.

„Nur keine Umstände. Dahin, wo Sie hinfahren, und solange Sie mich ertragen", lachte Norman und überprüfte unauffällig den Sitz des Messers im Schaft seines Stiefels.

Das Auto hing irgendwo in den Bäumen des Abgrundes, in den er es beförderte, nachdem der Tank leer war. Er konnte sein Glück gar nicht fassen - ein Wohnmobil war ein Volltreffer. *Genau das, was ich brauche. Und viel besser als im Wald zu übernachten,* dachte er und blinzelte in die untergehende Abendsonne.

Den abweisenden und misstrauischen Blick des Fahrers im Innenspiegel verstand er nur zu gut. Die Gedanken der beiden verrieten ihm, dass er ihr zu verdanken hatte mitgenommen zu werden. Norman fühlte die Furcht ihres Partners hinter dem Lenkrad.

Du hättest besser auf dein Weib gehört.

„Haben Sie keine Angst vor einem Killer?", lächelte Norman und zog das Messer langsam aus der Scheide.

„Wer sagt Ihnen, dass nicht wir die Serienkiller sind?", grinste die Frau.

Alle drei lachten, bis Normans Messer das linke Auge der Beifahrerin durchbohrte und blitzschnell vor dem Hals des Fahrers schwebte.

„Langsam den Fuß vom Gas und rechts ran", zischte Norman.

Die Frau schrie vor Schmerzen.

„Mach keine Dummheiten!", brüllte Norman und erhöhte den Druck des Dolches. Mit der anderen Hand hielt er sich fest, weil er genau wusste, was gleich passieren würde. Der Fahrer riss das Lenkrad nach links in der Hoffnung, seinen Angreifer loszuwerden. Die Frau schlug wild um sich, doch alles vergebens. Norman bohrte das Jagdmesser in den Oberschenkel des Mannes und drehte es um neunzig Grad. Langsamer werdend, schleifte das Wohnmobil an der gegenüberliegenden Leitplanke entlang, bis es stehenblieb. Der Fahrer riss die Tür auf, in der Hoffnung, abhauen zu können – vergeblich! Der Sicherheitsgurt und die blockierende Leitplanke verhinderten die Flucht.

Norman zog das Messer aus dem Oberschenkel und drückte es unterhalb des Kehlkopfes in den Hals, bis die Spitze in die Kopfstütze eindrang. Mit der anderen Hand schlug er der Frau ins Gesicht, bis sie verstummte. Norman atmete tief durch und flüsterte: „Einfacher als gedacht."

Das Messer an der Bluse abwischend, sah er sich um und steckte es zurück an seinen angestammten Platz. Mit einem Satz landete er zwischen seinen Opfern und warf sie zurück auf den Boden des Wohnmobils. Das Fesseln sparte er sich, quetschte sich auf den Fahrersitz, nahm die Sitzunterlage von der Beifahrerseite und legte sie sich in den Rücken, um der blutigen Sauerei zu entgehen. Zufrieden ließ er den Wagen an und fuhr in die letzten Strahlen der untergehenden Sonne.

Schnell fand er, wonach er suchte. Ein verlassener Rastplatz in einem Waldstück.

„Perfekt", grinste er und fuhr ein Stück in den Feldweg, um nicht von der Straße aus gesehen zu werden. Er stieg aus und öffnete die Schiebetür, griff nach der Leiche des Mannes und schleifte sie an den Füßen ein Stück in den Wald. Die Identität der beiden musste so lange wie möglich unklar bleiben. Ihm blieb nichts Anderes übrig. Mit dem Messer schnitt er die Fingerkuppen seines Opfers ab und steckte sie in den Mund des Toten. Weit ausholend, hieb er der Leiche mit vier gezielten Schlägen den Kopf ab und hielt ihn vor sein Gesicht. Blut tropfte aus dem Stumpf zu Boden. Plötzlich öffneten sich die Augen und der Mund des Schädels: „Warum haben Sie das getan?"

Schreiend ließ Norman den Kopf fallen und robbte rückwärts. Etwas hielt ihn fest. Fassungslos starrte er auf den Torso, der sich aufrichtete und mit seiner Hand Normans Fuß fest umklammerte.

„Warum?", klagte der Kopf, der zwei Meter entfernt lag.

Norman schloss die Augen und schrie. Als er sie wieder öffnete, lag die Leiche am Boden und eine Wurzel hielt ihn fest. Aus dem Kopf ragten die blutigen Fingerkuppen.

„Scheiße, ich werde langsam verrückt", stotterte er, beförderte die Fingerkuppen zurück in den Mund und packte den Kopf in eine Plastiktüte, die er aus dem Wohnmobil mitgenommen hatte. Er stand auf und wartete, bis das Zittern seiner Beine aufhörte. Mit dem Sack in der einen und dem Messer in der anderen Hand machte er sich auf den Weg zurück zum Wohnmobil.

„Scheiße!", fluchte er.

Die Frau war verschwunden!

TREFFEN

Es hatte länger gedauert, bis er sie wiederfand. Diesmal würde er besser aufpassen und sie nicht schon wieder aus den Augen verlieren. So unauffällig wie möglich folgte Gabriele der Frau. Ihre schwarze Aura war für ihn selbst in der Dunkelheit unübersehbar. Abrupt blieb sie stehen und schaute sich blitzartig um. Um Haaresbreite hätte sie ihn entdeckt. Eine Frau mit einem Kinderwagen kreuzte ihr Blickfeld. Die Ablenkung verschaffte ihm die nötige Sekunde, um sich zum Eingang eines Spirituosenladens umzudrehen. Jetzt gab es kein Zurück mehr. Er betrat den Laden, drehte sich zum Fenster und schaute hinaus. Sein Zielobjekt lief weiter bis zur Kreuzung und verschwand.

„Mist!", fluchte er und erschrak, als sich jemand hinter seinem Rücken räusperte. Langsam drehte er sich um und erstarrte. Ein Riese stand fragend vor ihm. Sein Ziegenbart wackelte leicht. Mit zwei Hörnern hätte er bei jedem Kostümfest als der Teufel höchstpersönlich den ersten Platz belegt. Gabriele sah das alles nicht, er starrte auf die dunkelgraue Aura des Monsters.

„Bist du einer der Neuen?", fragte er mit einer passenden tiefen, gruseligen Stimme.

Gabriele nickte nur und wartete.

„Das Treffen ist erst in einer Stunde. Komm, ich gebe dir etwas zum Auflockern."

Er folgte dem Mann ins Nebenzimmer.

„Das ist einer der Neuen!", sagte der Hüne und drückte Gabriele eine Flasche in die Hand. Vor ihm saßen vier Männer, alle mit grauen Auren.

Wo bin ich gelandet? Gottseidank trage ich keine Priesterkutte, überlegte er und öffnete ungeschickt die kleine Flasche.

„Satan, sei mit uns", prosteten sich die Männer zu. Gabriele stimmte mit ein – was hätte er anderes tun sollen? Das Teufelswasser schmeckte entsprechend. Verzweifelt suchte er nach einer Lösung, um den Rest in der Flasche loszuwerden. Alle fünf Augenpaare glotzten ihn an, es gab kein Zurück. Mit zusammengepressten Arschbacken würgte er den Rest der Flüssigkeit herunter.

„Das erste Mal?", fragte einer der Männer. Gabriele nickte und hielt sich an der Stuhllehne fest. Das Teufelswasser brannte in seinem Magen und ihm war schwindelig. *Kein Vergleich zum Messwein*, überlegte er und setzte sich unbeholfen auf den einzigen freien Stuhl.

„Und schüchtern ist er auch noch", lachte einer der Männer und zeigte seine schwarzen, verfaulten Zähne.

„Lasst ihn in Ruhe, denkt daran, wie es bei eurem ersten Mal war", meinte der Kleinste und Schmälste der Gruppe. Langsam erhob er sich und lief auf ihn zu.

Nicht berühren, flehte Gabriele in Gedanken - vergebens. Die Hand legte sich auf seine Schulter und drückte freundschaftlich zu.

„Bleib einfach in meiner Nähe", flüsterte er und tätschelte Gabrieles Rücken.

„Woher kommst du?"

„Ich… wissen Sie, also…", stotterte Gabriele.

„Klar, du willst erst sehen, ob das Ganze etwas für dich ist. Verständlich", nahm ihm jemand die Antwort ab.

„Du wirst begeistert sein, das verspreche ich dir, und Neulinge sind bei uns immer willkommen."

„Genug gelabert, lasst uns gehen."

Alle erhoben sich. Gabriele blieb, wie ihm geraten, bei dem kleinsten Mann. Sie liefen über die Straße, und erst jetzt nahm Gabriele die Gegend wahr, in der er sich befand. Die widerwärtigste Ecke der Großstadt, wie in jeder anderen, in der der übelste Abschaum hauste. An einer alten, im viktorianischen Stil erbauten, halb zerfallenen Ruine blieben sie stehen und sahen sich um. Sie bugsierten ihn durch das sich öffnende Portal. Dunkelheit umgab ihn.

„Sei gegrüßt in der neuen Finsternis", wurde er empfangen. Jemand malte ihm mit Asche ein Auge mit zwei Flügeln auf die Stirn, wie er im Spiegel sah, als sie weitergingen. Sie reihten sich in einer Schlange ein, die immer länger wurde. Langsam gewöhnte er sich an die Dunkelheit und erkannte Bilder in dem breiten Flur, wo sie warteten. Angewidert sah er zu Boden. Sie passten perfekt zu den dunklen Auren aller Anwesenden. Sein Puls überschlug sich, als er an die Kette dachte, die er immer trug. Seine Hände zitterten und näherten sich seinem Hals. Erleichtert atmete er auf, als ihm klar wurde, dass er kein christliches Symbol bei sich trug. Er war nur zur Observation unterwegs. Ein Raunen ging durch die Menge, die sich jetzt in Bewegung setzte. Gabriele ließ sich treiben, immer darauf bedacht, den Kontakt zu seinem selbsternannten Schutzpatron nicht zu verlieren. Sie näherten sich einem geöffneten Portal, das wie das riesige Maul eines Wolfes auf ihn wirkte.

Und alle Schafe laufen hindurch, dachte er, bis ihn jemand am Arm festhielt, als er auf der ersten Stufe einer Treppe ins Stolpern geriet. Immer tiefer in die Finsternis führte der spärlich beleuchtete Abstieg. Er endete in einem riesigen Kellergewölbe. Fackeln an den Wänden bildeten die einzige Beleuchtung. Es roch nach Rauch und verbranntem Fleisch.

Ich bin in der Hölle gelandet, reflektierte Gabriele und reihte sich ein in die Menge, die sich im Halbkreis um einen steinernen Thron aufstellte. Das Gemurmel verstummte schlagartig, als ein Gong ertönte. Eine Gestalt, in einem schwarzen, mit roten Punkten verzierten Umhang, bahnte sich einen Weg durch die Anwesenden. Als würde sie schweben. Beim Näherkommen identifizierte Gabriele die roten Flecken als

Blutspritzer und hielt die Luft an. Anmutig lief der vermeintliche Anführer der wilden Horde an ihm vorbei. Abrupt blieb er stehen, drehte sich um und starrte Gabriele direkt in die Augen.

FLUCHT

Durch die dämliche Vision habe ich das Miststück nicht gehört, fluchte Norman in Gedanken und konzentrierte sich auf sein Gehör. Rasselnder Atem und ein knackender Ast, gefolgt von hallenden Schritten, wiesen ihm den Weg zur Straße.

Natürlich, du Idiot, mahnte er sich und rannte los. Zweihundert Meter vor ihm stand sie winkend mitten auf der Fahrbahn. Die Scheinwerfer eines Autos näherten sich. Im Kegel der Lichtstrahlen hielt sie die Arme in die Höhe und schrie um Hilfe.

Norman schätzte kurz seine Möglichkeiten ab, aber der Weg war zu weit, um sie rechtzeitig abzufangen. Er ging hinter der Leitplanke in Deckung und wartete. Das Fahrzeug kam näher, bremste ab und fuhr im Schritttempo auf die Frau zu.

„Bitte, helfen Sie mir", jammerte sie und taumelte auf die Motorhaube zu. Der Fahrer schaltete das Fernlicht ein, schwenkte nach rechts und fuhr mit Vollgas an ihr vorbei.

„Pech gehabt", flüsterte Norman.

„Nein!", schrie sie dem Auto hinterher und fiel schluchzend auf die Knie.

„Endstation", kicherte Norman und bohrte den Dolch in ihr Herz. Ein letztes Aufstöhnen, dann glitt sie aus seinen Händen auf den Asphalt. Norman wischte das Messer an ihren Hotpants ab. Sein Blick blieb zwischen ihren Beinen hängen. Langsam schob er seine Hand unter den Stoff und stoppte auf ihren Schamlippen. Er stöhnte und zwängte einen Finger zwischen ihnen hindurch.

Warm und bereit für dich. Los, rammel sie, bevor sie kalt wird, steck ihn rein, mach schon, beschworen ihn seine Persönlichkeiten im Chor.

Es ist wichtiger, den Ort schnellstmöglich zu verlassen. Der Fahrer hat den Vorfall der Polizei gemeldet. Bring es zu Ende und verschwinde von hier, mahnte die Stimme seiner Mutter.

Seine Erektion verschwand blitzartig. Hastig schleifte er den Leichnam in den Wald und wiederholte die Prozedur. Mit dem Kopf und den Fingerkuppen im Beutel, lief er zurück ins Wohnmobil. Beide Leichenteile versteckte er unter dem Bett und fuhr in die Gegenrichtung los. Eine halbe Stunde später fädelte er in den Verkehr der Überlandstraße ein und sah die beiden Polizeiwagen, die ihm entgegenkamen.

„Die Trottel werden nur zwei unkenntliche Leichen finden und im Dunkeln tappen", grinste er zufrieden. Vier Stunden später gönnte er sich eine Pause auf einem Rastplatz. Ausgeschlafen, das Wohnmobil so gut wie möglich gereinigt, durchsuchte er den Schrank und zog perfekt passende Klamotten an. Seine verschwanden in einem Sack und landeten neben den Köpfen unter dem Bett. Auf dem nächsten bewirtschafteten Rastplatz tankte er und gönnte sich ein XXL-Frühstück, das hatte er sich verdient. Seltsamerweise waren die Stimmen nicht so laut wie sonst. Verwundert genoss er es.

Wieder im Wohnmobil, saß er am Lenkrad und entschied, durch ländliche Gegenden zu fahren, Städte zu meiden und das Leben zu genießen. Geld hatte er genug, und irgendwann würde ihm seine Mutter schon sagen, wohin er fahren sollte, dessen war er sich sicher.

ERKANNT

„Du hier?", fragte er mit einem bösartig klingenden Ton. Ein breites Grinsen verzerrte sein Gesicht zu einer hässlichen Fratze. Gabriele, eingekeilt in der Menge, öffnete seinen Mund und schloss ihn wieder.
Hier werde ich niemals lebend herauskommen, glaubte er mit schlotternden Knien.

„Doch, das wirst du", sagte der Unheimliche und setzte seinen Weg mit einem höhnischen Lachen in Richtung des Throns fort.

„Kennst du ihn etwa?", fragte der Mann neben ihm. Gabriele schüttelte den Kopf und verstand gar nichts mehr.

Wieso kann jemand meine Gedanken lesen? Und woher kennt er mich?, fragte er sich.

Erschrocken zuckte er zusammen, als alle niederknieten. Mit der Faust auf der Stirn, lauschten sie den Worten des Satansjüngers.

„Seid nüchtern und wacht, denn euer Widersacher, der Teufel, geht umher wie ein brüllender Löwe und sucht, wen er verschlinge[2].

---

[2]   *Bibelvers 1 Buch-Petrus 5:8*

Sie haben Angst vor uns, genau das sagt dieser Bibelvers.

Denn wir haben nicht mit Fleisch und Blut zu kämpfen, sondern mit Mächtigen und Gewaltigen, mit den Herren der Welt, die über Finsternis herrschen, mit den bösen Geistern unter dem Himmel.[3]

Seht, sie fürchten sich vor uns."

„Den Herren der Finsternis", murmelten alle im Chor.

„Erhebt euch, ich möchte heute einen ganz besonderen Gast in unserer Mitte begrüßen."

Gabriels Herz rutschte in die Hose.

„Ich bin geliefert", stöhnte er und schloss die Augen.

„Schnauze, wenn der Herr spricht", zischte eine Stimme neben ihm.

Ein Mann trat aus dem Hintergrund und näherte sich dem Podest.

„Das, liebe Freunde, ist Bruder Gog. Ihr kennt ihn, denn er ist schon lange in unserer Mitte. Zum heutigen Tag wird er den Platz des verstorbenen Bruders One im Rat der dreizehn einnehmen. Er wird uns helfen, die Lehre der Finsternis schneller zu verbreiten."

[3] *Buch Epheser 6:12*

Erleichtert atmete Gabriele auf und öffnete die Augen. Es dauerte etwas, bis er im Halbdunkel die Gestalt wahrnahm, die neben dem Anführer stand.

Der Haarschnitt, die Brille - nein, dachte er und ächzte: „Das kann nicht sein – unmöglich", als im klar wurde, wer dort oben stand und in die Menge grinste.

„Seid ihr mit der Wahl einverstanden?"

Keiner der Anwesenden widersprach. Sie vertrauten ihrem Anführer, der rechten Hand Satans.

„Wenn die tausend Jahre vollendet sind, wird der Satan aus seinem Gefängnis freigelassen werden. Er wird ausziehen, um die Völker an den vier Ecken der Erde, den Gog und den Magog, zu verführen und sie zusammen zu holen für den Kampf; sie sind so zahlreich wie die Sandkörner am Meer [4].

Das wird schon bald der Fall sein, meine Brüder."

Das war zu viel für Gabriele. Mit aller Gewalt verschaffte er sich einen Weg zur Treppe.

---

[4]   *Offenbarung 20:7 Vers-Themen*

„Brüder, lasst ihn", hörte er noch. Drei Stufen auf einmal nehmend, rannte er nach oben, türmte an der verdutzten Aufsichtsperson vorbei, riss die Tür auf und verschwand in der Dunkelheit.

ABGRUND

„Scheiße, Melanie!", schrie der Assistent neben ihr. Fassungslos starrte sie auf den Riss in ihrem Handschuh.

Wie… und warum ich?, überlegte sie und spürte den Einstich in ihrem Zeigefinger. Das Geräusch des Anzuglüfters ignorierend, der ansprang, um den Unterdruck auszugleichen, schaute sie zu, wie sich die Schwärze auf ihrem kontaminierten Finger ausbreitete. Ihr wurde die Spritze, mit der sie sich versehentlich gestochen hatte, aus der Hand gerissen.

„Hilfe, Notfall!", schrie jemand panisch im Hintergrund. Rote Lichter blinkten und eine Sirene erklang. Melanie ignorierte alles um sich herum, stur den Blick auf ihren Finger gerichtet. Als die Schwärze den ersten Fingerknöchel erreichte, wurde ihr schlagartig bewusst, dass sich das tödliche Virus immer schneller in ihrem Körper ausbreiten würde, wenn sie nichts unternahm. Doch was?

„Scheiße, scheiße!", brüllte der Lautsprecher in ihrem Ohr. Fieberhaft überlegte sie, was nötig war, um diese Kontamination abzuwenden.

Ab, das ist es!, schrie eine Stimme in ihrem Kopf und rissen sie unsanft in die Realität zurück. Blitzartig drehte sie sich um neunzig Grad und starrte auf die Wand, bis sie fand, wonach sie suchte. Den Alarm ihres Anzuges ignorierend, hechtete sie auf den roten Kasten zu und rammte den Ellenbogen gegen das Glas. Das Luftpolster des Anzugs verhinderte, was sie vorhatte. Hektisch sah sie sich um und griff nach dem Gasbrenner unter dem Erlenmeyerkolben und schlug damit die Scheibe ein, riss das Beil heraus und legte ihre Hand auf den Labortisch vor ihr. Die Schwärze erreichte ihren Handrücken und breitete sich immer schneller aus. Beherzt holte sie aus und schlug zu. Die Axt durchtrennte ihr Handgelenk beim ersten Hieb und presste sich tief in das weiche Holz. Paralysiert starrte sie auf den Tisch. Eine schwarze Blutlache breitete sich aus. Blitzartig riss sie ihren Armstumpf in die Höhe. Eine

Blutfontäne spritzte auf das Gesichtsfeld ihres Anzuges.

„Abbinden!", schrie sie ihren Laborassistenten an, der kalkweiß neben ihr stand.

„Los, mach endlich!", brüllte sie und holte ihn aus seiner Schockstarre.

„Mit was?", stotterte er hilflos.

„Handschuhe", zischte sie. Die ersten schwarzen Punkte breiteten sich in ihrem Blickfeld aus.

Zitternd schaffte er es, vier Handschuhe über den Armstumpf zu ziehen, um die Blutung zu verlangsamen.

„Und jetzt raus hier", stammelte sie, der Ohnmacht nahe, und wankte zur Schleuse.

- – -

„Nein!", schrie Melanie und riss die Augen auf. Der wolkenverhangene Vollmond tauchte die Terrasse ihres Hauses in ein düsteres Halbdunkel.

„Scheiße!", fluchte sie und hob die halbvolle Wodkaflasche gegen den Mond.

„Oh Mann, immer dieser verfluchte Albtraum", stöhnte sie und nahm einen Schluck. Ihr Blutdruck normalisierte sich langsam wieder. Tief durchatmend schaute sie zu den Sternen, dann auf die Terrasse und zuletzt auf die Flasche in ihrer Hand.

„Wie tief bin ich gesunken?", flüsterte sie und warf sie auf den Glasscherbenhaufen ihrer Vorgänger. Angewidert sah sie auf sich herab und würgte.

„Ich stinke", ätzte sie und versuchte, sich aufrecht hinzusetzen. Beim vierten Versuch schaffte sie es endlich. Völlig außer Atem starrte sie sehnsüchtig auf die zerbrochenen Flaschen. Beim zweiten Mal zwang sie sich, den Würgereiz nicht zu unterdrücken und kotzte in einem Strahl den Mageninhalt - überwiegend Galle, vermischt mit Alkohol - auf die Terrakottafliesen. Schluchzend ließ sie sich auf die Liege zurückfallen und schlief wieder ein.

Der unruhige Schlaf wurde vom Klingeln ihres Handys unterbrochen.

„Scheiß Wecker", jammerte sie und warf das Handy auf den ungepflegten Rasen. Im Hintergrund schob sich die Sonne über die Hügel und breitete die ersten wärmenden Strahlen des Tages aus.

Melanie seufzte und schloss ihre Augen.

Besser, befreit und unabhängig wollte ich sein. Wie lange ist es jetzt her? Ein Jahr? Nein, mehr. Ach, was weiß ich, überlegte sie und fuhr laut fort: „Was ist aus mir geworden? Das beste Labor bringt nichts, wenn keine Inspiration und Kreativität vorhanden ist. Zudem hassen mich alle. Mit Recht, ich bin zu einer alkoholkranken Hexe mutiert. Fehlt nur noch der Besen in der Garage."

Der einsetzende Lachanfall wurde vom Husten und Würgen jäh unterbrochen. Gelbe Gallenflüssigkeit lief an ihren Mundwinkeln herab.

„Ich muss duschen und etwas essen", stöhnte sie und quälte sich aus der Liege. Rechtzeitig änderte sie ihre Laufrichtung, umrundete den Scherbenhaufen und die Kotzlache, wankte durchs Schlafzimmer und erreichte das Bad. Vor dem Spiegel hielt sie an, krächzte ein „hallo, du Mörderin" zu ihrem Spiegelbild und betrat die Dusche.

Das labbrige Toastbrot schmeckte wie es aussah. Der Kaffee half, ihre Gedanken zu sortieren und sich an bestimmte Erlebnisse zu erinnern.

Das Letzte von gefühlt tausend Gesprächen mit der Psychologin fiel ihr ein und zwang sie zu einem Lächeln.

„Melanie, Sie müssen loslassen", äffte sie die Frau nach.

„Wenn die wüsste, wen ich alles losgelassen habe", lachte sie und biss widerwillig in den trockenen Toast. Sie erinnerte sich an die Angst in den Augen der Psychologin, als sie ausrastete.

„Was für ein Spaß, selber schuld, du dumme Kuh", prustete sie und verschluckte sich.

Nachdenklich betrachtete sie die Brocken des ausgekotzten Toasts im Waschbecken.

„Er liebte mich", wisperte sie, und dicke Tränen liefen über ihre Wangen.

„Weinen, lachen, bin ich verrückt?", schrie sie und sah auf ihre zitternden Hände.

Sehnsüchtig drehte sie den Kopf. Wie ein Magnet heftete sich ihr Blick auf die Tür des Kühlschrankes. Das Zittern hörte sofort auf, als sie die Tür öffnete und eine Flasche herausnahm.

„Nur kein Wasser, Madame", kicherte sie und nahm einen tiefen Zug.

Befriedigt stellte sie die Flasche auf die Arbeitsplatte und lauschte dem morgendlichen Vogelgezwitscher durch das geöffnete Fenster.

„Ihr habt es gut", meckerte sie.

Bin ich noch wert, weiter zu leben?, kam ihr ein neuer Gedanke. Der Entschluss reifte in Sekunden. Blitzartig drehte sie sich um und lief zum Treppenhaus. Auf der ersten Stufe verharrte sie einen Moment.

„Nein, mein Entschluss steht fest", sagte sie und stieg die Stufen hinab. Vor der roten Tür blieb sie stehen. Tief durchatmend, gefolgt von einem Hustenanfall, öffnete sie die Tür und trat ein. Fest entschlossen griff sie nach dem Schlüssel, bis er ihr aus der Hand zu Boden fiel.

„Trotzdem", fluchte sie, bückte sich und hob ihn auf.

Beim dritten Versuch öffnete sich endlich das Geheimfach. Sie griff nach der Flasche.

„Mystic, dir habe ich alles zu verdanken", weinte sie und streichelte zärtlich über den Glasbehälter.

„Marcel, ich komme", flüsterte sie, griff zum Verschluss und drehte.

Seufzend verschloss sie den Deckel wieder und stellte die Flasche zurück ins Fach.

„Feigling", stöhnte sie, weinte hemmungslos und rutschte mit dem Rücken zur Wand zu Boden.

Sie hatte keine Ahnung, wie lange sie schon im Keller saß, als sie erwachte.

„Mystic, es wäre so einfach gewesen", flüsterte sie und wusch sich die Tränen vom Gesicht. Nach der Dusche betrat sie mit frischen Klamotten die Küche und schaltete die Kaffeemaschine ein. Kurz überlegte sie, etwas zu ändern, entschied sich dagegen und die Automatismen nahmen ihren Lauf. Den Kaffee leerte sie in einem Zug. Die mit Wodka gefüllte Thermoskanne wanderte in die Arbeitstasche, ein letzter Blick zum Spiegel, dann verließ sie das Haus. Der ganz normale Wahnsinn ging weiter.

ERWARTUNG

Zwei Tage waren seit Gabrieles unheimlicher Begegnung vergangen. Er hatte keine Ahnung, was er jetzt unternehmen sollte.

Mit einer ganzen Armee von Satanisten kann ich es nicht aufnehmen. Aber wer wird mir helfen, oder überhaupt das alles glauben?, überlegte er.

Vor dem kleinen Altar in der Sakristei kniend, sprach er ein Gebet: „Herr, du siehst die Situation, in der ich mich befinde. Aus menschlicher Sicht kann ich keinen Ausweg erkennen. Du aber kennst die Antwort auf diese Fragen und die Lösung meines Problems. Ich bringe dir heute dieses besondere Anliegen und bitte dich, zeige mir den wahren Weg und hilf mir, die richtigen Entscheidungen zu treffen."

Nach zähen fünfzehn Minuten, und keinerlei Zeichen von seinem Herrn, gab er auf. Seufzend erhob er sich und öffnete den Tabernakel. Mit der Rechten griff er zum Messwein und stellte ihn auf die Anrichte. Sein Blick glitt zu dem Stapel kleiner Zettel, die die zukünftigen Kommunionkinder für den nächsten Unterricht vorbereitet hatten. Ein Windstoß brachte die Zettel in Bewegung. Sie flogen durch die Luft und schwebten langsam zu Boden. Einen Fluch unterdrückend, sammelte er sie auf. Gerade als er den Stapel auf die Anrichte legen wollte, sah er einen Zettel, der nicht davongeflogen war.

„Überlass dich ruhig dem Herrn und warte, bis er eingreift. Psalm 37,7", las er vor.

Kopfschüttelnd flüsterte er: „Wie konnte ich nur an dir zweifeln, Herr?"

Er stellte den Messwein zurück, legte die Zettel in den Tabernakel und verschloss ihn. Frohen Mutes verließ er die Kirche, schritt über den kleinen Garten zu seiner Wohnung und wartete.

ZWEITER

TEIL

ERINNERUNG

Mike fuhr das Kopfteil seines Bettes hoch, bis er aufrecht saß. Jedes Mal, wenn er aus einem Albtraum erwachte, brauchte er eine Weile, um sich der nackten Realität zu stellen.

„Scheiße", fluchte er und starrte auf seine bewegungsunfähigen Beine. Wehmütig erinnerte er sich an früher, was noch nicht allzu lange her war...

- — -

Er kniff sich in den Arm und begrüßte jubelnd den Schmerz. Es war unfassbar, er hatte wahrhaftig einen Vorstellungstermin beim größten Konzern der Welt, der Zentrale von GAMA, dem Zentrum der Macht. Ein Zusammenschluss der vier Soft- und Hardware-Großkonzerne.

Wenn meine Eltern mich jetzt sehen könnten, überlegte er und lächelte. Sie haben immer an ihren einzigen Sohn geglaubt. Leider verließen sie viel zu früh die Bühne der

Lebenden. Den Trauerkloß schluckte er herunter, heute war Fröhlichkeit angesagt. Von Aufregung keine Spur, betrat er die riesige Empfangshalle. Überwältigt blieb er im Eingangsbereich stehen, bis ihn jemand von hinten anrempelte.

„Sorry, ging mir beim ersten Mal auch so", zwinkerte die hübsche Blondine ihm zu und lief weiter.

Sein Puls stieg langsam aber sicher in die Höhe.

Ruhig Mike, du bist der Beste und sie haben dich angefragt, besänftigte er sich und lief auf die fünfzig Meter breite Empfangstheke zu.

Zehn Minuten später stand er am Fenster eines kleinen Besprechungszimmers und genoss die Mega-Aussicht.

„Ich liebe den Ausblick", sagte jemand hinter seinem Rücken.

„Oh ja, es ist beeindruckend, so wie der ganze Campus", erwiderte Mike und drehte sich um.

Das Gespräch dauerte keine fünf Minuten. Das Gehalt und die sozialen Leistungen waren überirdisch. Höflich bedankte er sich und war froh, hinaus begleitet zu werden. Er hätte sich garantiert verlaufen.

Tief durchatmend setzte er sich auf die Treppe und reflektierte die letzten dreißig Minuten. Er hatte es geschafft. Ab jetzt würde er hier jeden Tag ein- und ausgehen mit den besten Programmierern, den KI-Entwicklern der Welt.

„Wie geil ist das denn, das wird gebührend gefeiert", flüsterte er, verließ den Campus und betrat die erste Kneipe, die er fand.

Der Albtraum begann mit seinen neuen Freunden Johnnie Walker und Jack Daniels. Keine Woche später öffnete ihm sein neuer Bro Rodriguez das Tor zur Welt der ganz besonderen Wetten. Zum Einstand verzockte er fünfzigtausend. Trost fand er in Victoria und ihrer Zwillingsschwester Veronika. Es war ihm nicht möglich, ihren Reizen zu widerstehen. Jeden Wunsch lasen sie ihm von den Augen ab, auch die Unvorstellbaren in seiner Fantasie. Gefangen in der selbst geschaffenen Spirale von Whisky, Wetten und Weibern, den drei „W" wie er sie später nannte, verlief die Zeit wie in einer Achterbahn. Einladungen zu exklusiven Pokerrunden und skurrilen Wettbüros gaben sich die Hand mit grenzenloser sexueller

Wollust. Gewinne gab es keine, den Frust darüber ertränkte er in brauner, hochprozentiger Flüssigkeit. Auf der Überholspur kam das Programmieren zu kurz. Den ersten Rüffel gab es schon nach vier Monaten. Sein ehemals prall gefülltes Konto schmolz dahin. Der Tag der Abrechnung ließ nicht lange auf sich warten. Die fristlose Kündigung folgte im sechsten Monat.

Die Rechnung war recht einfach: Ohne Knete keine Wetten. Logischerweise auch keine Girls, und alle guten Freunde verschwanden ins Nirwana, so schnell, wie sie damals auftauchten. Seinen Kummer ertränkte er im Whisky. Der erste Alkoholentzug endete in einer Gefängniszelle, der Zweite im Krankenhaus. Nach seiner Entlassung stand er vor verschlossenen Türen. Obdachlos, mit dreißig Dollar in der Tasche, setzte er sich auf den Bordstein. Die Hände vors Gesicht geschlagen, weinte er zum ersten Mal die bitteren Tränen der Erkenntnis. Die Nacht brach herein, ein Fußgänger warf ihm eine Münze zu und verschwand. Alleine, von allen verlassen, griff er zu seinem Handy. Langsam scrollte er die Kontaktliste durch, bis er bei einem Namen stoppte. Der Zeigefinger verharrte kurz und drückte doch den Anrufbutton. Es klingelte einmal, dann legte er kopfschüttelnd auf, steckte das Handy ein und flüsterte: „Nein, dieses Arschloch werde ich nicht anrufen."

Nach dem Geldstück greifend, erhob er sich und lief auf die Leuchtreklame einer Tankstelle zu.

„Den billigsten Fusel, den ihr habt", flüsterte er.

„Mit dem Anzug kannst du dir nichts Besseres leisten?", grinste der junge Bursche hinter dem Nachtschalter.

Wütend klatschte Mike mit der Hand gegen die Scheibe.

„Hab's kapiert, keine Konversation."

Frustriert, mit der Schnapsflasche in der Hand, setzte er einen Fuß vor den anderen ins Nirgendwo. Nach fünfzehn Minuten warf er die leere Flasche in den Straßengraben und wankte auf der Landstraße ziellos dahin. Die vorbeirasenden Scheinwerfer und das Hupen der Fahrzeuge quittierte er fluchend und streckte ihnen den Mittelfinger entgegen. Später erinnerte er sich, dass er müde wurde und sich hinlegte.

Es dauerte kalendarisch eine Woche, gefühlt zwei Jahre, bis er wieder aufwachte - in einem Krankenhaus. Angeblich hatte er sich direkt auf die Landstraße gelegt, und ein Lastwagenfahrer hatte ihn zu spät in der Dunkelheit erkannt. Er hatte Glück im Unglück, wie man üblicherweise schlechte Nachrichten verpackt. Querschnittgelähmt, inklusive diverser innerer Quetschungen, mit bleibenden Schäden. Die Anzahl der Knochenbrüche merkte er sich nicht. Er war am Leben – doch wozu? Alles war verloren. Was sollte er noch hier?

Ab in die Hölle mit mir, dachte er sich und schnitt sich bei der ersten Gelegenheit die Pulsadern auf. Glücklicherweise, aus Sicht des Krankenhauspersonals, betrat eine Minute später ein Krankenpfleger das Zimmer und stoppte die Blutung.

Am nächsten Tag stand Dr. Caligari an seinem Krankenbett und machte ihm ein etwas seltsames Angebot.

Leben oder sterben, das waren seine Optionen, er nahm das Angebot an - und nun lag er hier. Abgeschirmt von der Menschheit, in einem behindertengerechten Luxusappartement in… – keine Ahnung, wo.

Die Fenster bestanden aus bebilderten Folien, die Eingangstür war verschlossen. Ein kleiner Speisenaufzug brachte alles, was er benötigte.

Er war nicht unbedingt ein Naturliebhaber, aber langsam schlug ihm die fehlende Freiheit aufs Gemüt.

„Blicke nach vorne, du Idiot", maßregelte er sich selbst und zog sich in die Tragegurte. Mit dem Patienten-Lifter landete er im Rollstuhl. Heute bevorzugte er den mechanischen, um seine Arme ein wenig zu trainieren, auch auf Anraten des Arztes. Zurück von der Toilette, rollte er in die luxuriöse Küche, zum prall gefüllten Kühlschrank.

Trotzdem ein Gefängnis, dachte er und schob die trostlosen Gedanken zur Seite. Eine Tasse Kaffee und zwei belegte Brötchen später, steuerte er dem überdimensionalen Schreibtisch entgegen. Er zögerte und dachte an das getroffene Arrangement mit dem mehr als seltsamen Dr. Caligari.

„Wir könnten für unser Unternehmen in der Medizinbranche einen Fachmann wie Sie sehr gut gebrauchen", lauteten die ersten

Worte, die er mit seiner sonoren und extrem überzeugenden Stimme sagte.

Was hatte er schon zu verlieren? Den Vertrag las er sich bis heute nicht einmal durch.

„Wir haben ein hübsches Appartement für Sie, dort werden Sie diverse Algorithmen an den neuesten Geräten erstellen. Für Verpflegung ist gesorgt, und Ihre Gesundheit liegt uns ganz besonders am Herzen."

Schöne Worte - und nun saß er hier in seinem Gefängnis, ohne jeden Außenkontakt. Immerhin hatten sie ihm das Internet gelassen, um auf dem Laufenden zu bleiben. Sein Essen bestellte er über eine Website. Die Lieferung erfolgte durch den Speisenaufzug, genau wie die Wäsche. Ein Physiotherapie-Roboter kümmerte sich um seine Muskulatur. Menschlichen Kontakt gab es nicht, was ihm nicht unbedingt unrecht war. Trotzdem glich sein Leben einem Aufenthalt in einer Haftanstalt.

Über Arbeit konnte er sich nicht beklagen. Anfangs gab es schriftliche Aufträge, die seinem Genie unwürdig erschienen. Es dauerte nicht lange, dann steigerten sich die Dienstanweisungen, wie sie es taktvoll nannten. Das Equipment war vom Feinsten.

Schnell fand er einen Weg, die Sperren zu umgehen und ein wenig zu schnüffeln. Viel bekam er über seinen Arbeitgeber nicht heraus. Gotongie, der Name eines Dämons, wie er in Erfahrung brachte. Einen erklärbaren Zusammenhang mit medizinischer Software blieb ihm ebenfalls verborgen. Der Traum fiel ihm wieder ein, schlagartig stellten sich seine Nackenhaare auf.

„Ein Pakt mit dem Teufel", flüsterte er und schluckte den Kloß in seinem Hals hinunter.

„Und das geflügelte Auge ist sein Späher", fuhr er fort und zog die Ärmel seiner Weste bis zum Handgelenk herunter. Seine Hand zitterte, als er die Workstation anschaltete. Ein geschlossenes Auge, mit den Flügeln einer Fledermaus, füllten den Bildschirm aus. Langsam schob sich das Augenlid nach oben und glotzte ihn an.

„Immer wieder unheimlich und gewöhnungsbedürftig", flüsterte er und wartete, bis der Firmenschriftzug das Auge minimierte und in die rechte obere Ecke verdrängte. Mike nahm das zu einem Dreieck gefaltete Papier und steckte es über den Monitor, um das Auge zu verbergen.

Der Versuch es zu ignorieren brachte nichts. Das Gefühl, beobachtet zu werden, stellte sich nicht ab, daher blieb ihm nur die altmodische Variante. Grinsend und zufrieden wartete er, bis sich das Logo der firmeninternen Kommunikationssoftware aufklappte.

Eine Nachricht von Doktor Caligari erschien: *Hallo Mike, was halten Sie von einem gemütlichen Spaziergang zu zweit?*

Überrascht trank er den letzten Schluck Kaffee, bevor er antwortete: *Im Freien?*

Natürlich.

Dann sehr gerne.

Ich hole Sie in zwanzig Minuten ab, ist das okay?

Klar.

Brauchen Sie noch etwas?

Ja, neue Beine.

Deshalb melde ich mich.

Im Ernst?

Lassen Sie sich überraschen.

Okay, dann bis nachher, beendete er die Kommunikation.

„Was geht hier vor?", flüsterte Mike.

Genau zwanzig Minuten später öffnete sich die Tür und Dr. Caligaris grinsendes Gesicht erschien.

„Hallo, bereit zur Abfahrt?"

„Guten Morgen, Herr Doktor."

„Wie geht es Ihnen?"

„Außer den üblichen Beschwerden ganz okay. War das vorhin ernst gemeint?"

„Das mit den Beinen – natürlich nur im weitesten Sinne."

„Trotzdem interessant."

„Das glaube ich Ihnen, doch jetzt lassen Sie uns zuerst ins Grüne fahren. Sie sind ja kein Gefangener", lachte der Arzt und schob ihn auf den Flur. Mike schaute sich um und prägte sich alles ein. Außer seiner Tür, die eines vermutlichen Treppenhauses und einen Aufzug, gab es nichts. Etwas enttäuscht, fuhren sie direkt in eine Tiefgarage. Ein bestelltes Spezialfahrzeug wartete mit bereits laufendem Motor auf ihn.

War klar, dass die Scheiben geschwärzt sind, dachte er und sagte: „Geht's jetzt in ein anderes Gefängnis?"

„Nein, es ist nur zu Ihrer und unserer Sicherheit. Sie werden es bald verstehen."

„Da bin ich gespannt."

Nach einer gefühlten Stunde Fahrt hielt der Wagen an. Die Klappe öffnete sich und Dr. Caligari bat ihn heraus.

„Wow, mitten im Wald, auf einem rollstuhlgerechten Weg. Ich bin beeindruckt."

„Das freut mich, bewegen wir uns etwas."

„Gerne - nach Ihnen, Herr Doktor."

Fünfzehn schweigende Minuten später erreichten sie eine Lichtung mit einer Bank. Der Doktor setzte sich und wartete, bis Mike ihm gegenüber mit seinem Rollstuhl stoppte.

„Raus damit", sagte Mike ungeduldig.

„Immer langsam, junger Freund."

„Sie haben meine volle Aufmerksamkeit."

„Wir haben ein fantastisches Exo-Skelett im Programm."

„Kann ich damit wieder laufen?", unterbrach ihn Mike.

„Das liegt an Ihnen", lachte Dr. Caligari.

„Entschuldigung, fahren Sie fort."

„Ihnen wird die Ehre zuteil, die Software dafür zu entwickeln."

„Wie haben Sie sich das vorgestellt? Mit einem Joystick?"

„Denken Sie nicht so klein, Mike. Wir erwarten mehr, viel mehr."

„Etwa mit einem Chip im Gehirn?"

„Geht doch. Genau daran dachten wir."

„Bisher sind alle Versuche kläglich gescheitert."

„Weil sie nicht die besten Programmierer hatten und zu viel auf einmal wollten."

„Danke für die Lorbeeren – aber..."

„Kein aber" unterbrach ihn der Arzt und fuhr lächelnd fort: „Wir haben das Projekt in zwei Stufen unterteilt."

Geduldig wartete Mike, bis er weiterredete.

„Stufe eins beinhaltet das Einpflanzen des Chips und die Steuerung über die Eingabe einer Tastatur oder mit Sprachbefehlen."

„Klingt nach einem vernünftigen Plan."

„Das hoffe ich doch. Stufe zwei wird dann die direkte Verbindung zum Gehirn sein."

„Hört sich gruselig und geil zugleich an. Gibt es den Chip schon?"

„Ja."

„Versuchspersonen?"

„Das darf ich aus Geheimhaltungsgründen nicht verraten", grinste der Doktor.

„Wann bekomme ich den Chip und das Exo-Skelett?"

„Wird beides gerade in Ihr Appartement gebracht."

„Ihr seid verrückt!"

„Oder wir sind demnächst Weltmarktführer."

„Und ich wieder ein freier Mann?"

„Genau, das ist der Deal."

„Dann sollten wir schleunigst zurückfahren und mit der Arbeit beginnen."

„Einverstanden. Den Link zur Ablage aller Unterlagen befindet sich in der neuesten Nachricht. Wenn Sie etwas wissen wollen, fragen Sie einfach. Sie müssen nicht schnüffeln", beendete Dr. Caligari die Kommunikation.

Fünfzehn Minuten später saß Mike vor dem Computer.

„Das ist doch mal eine echte Herausforderung. Scheiß auf den Dämon, ich will wieder laufen", sagte er, entfernte das Papierdreieck, winkte dem Auge zu und öffnete den Ablageordner. Vergessen waren alle Zweifel.

HOCHMUT

Niobe erlag der Versuchung und streichelte das glänzende Türschild. War sie stolz darauf, eine Sysop zu sein? Na ja, immerhin war sie verantwortlich für den Server und die Software einer aufstrebenden Firma.

Habe ich das gewollt?, überlegte sie.

Grinsend fiel ihr die Entscheidungsfindung ein. Der Würfel lag immer noch unter der Anrichte. Jetzt war es eh zu spät. Sie hatte sich für die Alternative, eine Einladung der Firma DBSA, entschieden. Obwohl sie im Netz und im Darknet keinen wirklich nennenswerten Hinweis fand. Die einzige Informationsquelle blieb der Auszug des Handelsregisters.

Forschung, Herstellung und Anwendung von Hirn-Computer-Schnittstellen, lautete die Bezeichnung. Das Jahresgehalt war nicht schlecht, ein eigenes Büro inbegriffen und volle Verantwortung über die Server der neuesten Generation.

Zufrieden setzte sie sich an ihren Schreibtisch und wurde mit dem Bild eines

Strandes bei Sonnenaufgang begrüßt. The Wall, ein Monitor, der die komplette Wand ausfüllte, war ihr Eintrittsgeschenk, als Ersatz für das fehlende Fenster. So richtig fassen konnte sie das Ganze noch nicht. Ihre Hauptaufgabe galt dem Beschützen der Server-Inhalte, von denen sie so gut wie nichts wusste.

Einige Patente sah sie bei ihrem Chef auf dem Schreibtisch liegen, das war alles. Ihre Neugierde zügelnd, checkte sie die Daten. Tatsächlich hatte schon wieder jemand versucht, in ihr System einzudringen.

Sie lenkte ihren Wissensdrang auf den Angreifer und atmete nach einer Stunde harter Verfolgungsarbeit tief durch.

„Eine Bundesbehörde versucht uns zu hacken", flüsterte sie verständnislos.

„Warum schaut meine schönste Mitarbeiterin so ungläubig auf ihren Bildschirm?", fragte ihr Chef, der im Türrahmen stand.

Erschrocken zuckte sie herum und stotterte ein kurzes „hallo".

„Ist etwas?"

„Eine Bundesbehörde hat versucht, unser System zu hacken?"

„Das wundert mich nicht", lachte der Mann und legte eine rote Rose auf den Schreibtisch.

„Warum? Haben wir etwas Wichtiges zu verbergen?", flüsterte sie.

„Kleines, mach dir keinen Kopf. Es haben schon viele versucht, unter dem Deckmantel von Regierungen bei uns einzudringen. Apropos eindringen, gehen wir heute Abend aus?", lächelte er unwiderstehlich.

Es dauerte etwas, bis sie die Zweideutigkeit verstand, zurücklächelte und nickte.

„Dann hole ich dich hier um siebzehn Uhr ab."

„Ja, natürlich."

Galant drehte sich ihr Boss um, lief zur Tür und hielt inne.

„Niobe?"

„Ja."

„Eine Bitte: Wir benötigen die Möglichkeit, Codezeilen weltweit zu senden."

„Über welchen Träger?"

„Natürlich über die vorhandenen."

„Das ist nicht legal", erschrak Niobe.

„Mädchen, was ist schon legitim. Wir haben die Beste für den Job. Ich sende dir die Frequenz", lächelte er alle Vorbehalte weg.

„Geht klar, Boss."

„Wenn du artig bist."

„Ich bin lieber unartig", unterbrach sie ihn und fuhr mit der Zunge lasziv über ihre Oberlippe.

„Oder so, ...bis um fünf", lachte der Mann und verschwand.

Einen Knackarsch hat er, sein Gerät ist okay und er weiß damit umzugehen, aber verliebt bin ich nicht in meinen Chef, resümierte sie und ging an die Arbeit.

Impuls

Drei Wochen voller ermüdender Arbeit waren vergangen, ohne den kleinsten Erfolg. Fluchend schlug Mike mit der flachen Hand auf den Schreibtisch. Seine Wirbelsäule schmerzte. Alle Muskeln, die noch funktionierten, waren völlig verspannt. Frustriert lehnte er sich zurück und trank den natürlich alkoholfreien Cocktail in einem Zug aus. Mit geschlossenen Augen wartete er auf eine Eingebung.

Vergeblich – frustriert sah er auf die Uhr.

„Ich brauche Schlaf - unbedingt", flüsterte er und rollte zum Bett. Ohne sich umzuziehen quälte er sich in die Tragegurte der Hebevorrichtung und brachte sich in die richtige Position. Auf dem Bett liegend, starrte er an die Decke. Seine Gedanken drehten sich im Kreis.

„Mist, vergessen zu pissen", fluchte er und griff sich die Urinflasche, die am Bettgestell hing. Nach dem Erledigen des Geschäfts schloss er die Augen und schlief ein.

- — -

„Sollen wir ihm nicht mehr Informationen zukommen lassen? Er wird so nicht weiterkommen."

„Ich denke, dass er noch nicht soweit ist."

„Wir verlangsamen unnötig den Fortschritt."

„Du glaubst, er schafft es nicht?"

„Das habe ich nicht gesagt. Es wäre hilfreich, ihm ein wenig nachzuhelfen, damit er schneller vorankommt."

„Oder wir erweitern seinen Horizont."

„Mit was?"

„Lass das meine Sorge sein."

- — -

Nicht unbedingt erholt, wachte Mike auf. Kurz hörte er in seinen Kopf, doch außer einer endlosen Leere fand er nichts. Seine Muskeln schmerzten immer noch.

„Scheiße!", fluchte er und hob seinen malträtierten Körper aus dem Bett.

„Kaffee, ich komme!", rief er und rollte in die Küche. Nachdem er das Tablett am Rollstuhl befestigt hatte, beförderte er die frisch aufgebrühte Tasse Kaffee und einen Teller

Gebäck darauf. Vorsichtig rollte er zum Schreibtisch und stellte sein Frühstück ab.

„Hallo, Gotongie", begrüßte er das fliegende Auge. Gerade als er sich das Gebäck in den Mund steckte, öffnete sich die Haustür.

„Hausarztbesuch!", rief eine ihm bekannte Stimme.

Langsam drehte er den Rollstuhl zu Doktor Caligari um und sah in überrascht an.

„Ich weiß, ohne Anmeldung. Zu meiner Verteidigung: Ich habe das Gefühl, Sie benötigen eine entspannte Muskulatur, um den Kopf frei zu bekommen."

„Stimmt", bestätigte Mike.

„Dann ab aufs Bett, ich habe da etwas vorbereitet", erwiderte der Arzt und zog eine Spritze auf.

„Oh, eine Melange", sagte Mike und hievte sich aufs Bett.

„Es wird Ihnen guttun, und anschließend jeden Morgen noch ein Beutel Magnesium."

„Ja, Sir."

„Im Ernst, woran hängt es?"

„Ich habe keine Ahnung. Mir fehlt der Funke."

„Jetzt entspannen Sie sich mal."

Langsam entleerte er die Spritze in Mikes Arm.

„Schöne Träume, vielleicht von einem Code für Ihre Gehhilfe."

„Sabine, das Exo-Skelett heißt Sabine", nuschelte Mike und schlief ein.

- — -

„Was gab's denn Leckeres?"

„Meskalin, psychedelisch wirkend, und ein Halluzinogen aus Kakteen."

„Und das erweitert den Horizont?"

„Und ob, du wirst sehen."

- — -

Mike wälzte sich auf dem Bett. Kalter Schweiß überzog seinen bebenden Körper. Seine Gedanken glichen einer unendlichen Achterbahnfahrt mit Loopings und kilometerlangen Abstürzen.

Auf einmal stöhnte er: „Ich bin in der Matrix" und lächelte den grünen Codereihen zu, die vor ihm herabfielen. Bunte Luftballone füllten plötzlich den Horizont.

„Weg mit euch!", schrie Mike und fuchtelte mit den Armen. Sein Schädel drohte zu platzen, bis er vor Erschöpfung in einen komatösen Schlaf fiel.

Mike hob mühsam seine Augenlider.

„Scheiße, was war das denn für eine Mixtur?", stöhnte er. Es dauerte, bis der Schwindel verschwand. Sein Körper schmerzte wie zuvor, sein Verstand dagegen war klar wie schon lange nicht mehr. Er blinzelte die letzten Sterne weg und erblickte ein Glas Wasser und daneben eine rosa Pille auf dem Nachttisch. Fluchend fand er endlich die Fernbedienung und fuhr das Kopfteil in die Höhe.

„Hallo Mike, ich hoffe dein Kopf ist frei, für den Rest ist die Pille. LG Dr. C.", stand auf einem Zettel, der neben der Pille lag.

Ohne zu überlegen, schluckte er sie hinunter und spülte mit Wasser nach. Zehn Minuten später setzte die Wirkung ein. Überrascht hob er die Augenbrauen.

„Wahnsinn", sagte er und wälzte sich in den Tragegurt. Nach einem ausgiebigen Frühstück fühlte er sich so frisch und lebhaft wie noch nie zuvor.

Vor seiner Workstation sitzend, reflektierte er seinen Zustand.

Was war das für ein Zeug? Eine halluzinogene Droge vielleicht? Warum das Ganze? Bin ich zu langsam – oder steckt mehr dahinter? Was bedeutet Projekt Genius Malignus, das mir beim Schnüffeln auffiel, und warum habe ich das überhaupt vergessen?, grübelte er.

Nach einem Schluck Kaffee überlegte er weiter.

Es muss mehr dahinterstecken. Ich werde vorsichtiger sein.

Mit der nächtlichen Erleuchtung und der Hoffnung mit „Sabine" wieder ins Laufen zu kommen, machte er sich an die Arbeit. Ab jetzt zweigleisig. Einmal offiziell, und in einem neu geschaffenen Netzwerkbereich für private Nachforschungen.

- – -

„Wie ist der neueste Stand?"

„Wir verlieren immer mehr den Zugriff."

„Wieso?"

„Zu schnelle Programmierung, keine zielgerichtete Übertragung. Es gibt viele Gründe aus der Vergangenheit."

„Ist die Kleine keine Hilfe?"

„Niobe? Doch, ganz sicher."

„Ist sie auch vertrauenswürdig?"

„Aktuell, ja."

„Klingt nicht sehr überzeugend."

„Mit ihrer und Mikes Hilfe schaffen wir es."

„Ich setze nicht so viel Hoffnung in ihn. Bisher hat er mich nicht überzeugt."

„Mit seiner Hilfe werden wir den Durchbruch schaffen."

„Wenn er vor lauter Schnüffeln überhaupt noch für das Projekt Zeit hat."

„Freaks sind von Natur aus neugierig. Werfen wir ihm einen Brocken hin, um den Wissensdrang zu stillen. Wie wäre es mit Freigabe eins?"

„Bist du verrückt, damit gefährden wir das ganze Projekt."

„Wir sind auf dem Weg, alles aus der Hand zu geben. Mikes Programmierung gewährt uns die minimale Chance, das Ruder herum zu reißen."

„Wollen Sie damit andeuten, dass wir die Kontrolle vollständig verlieren?"

„Wir sind gezwungen zu handeln. Geben wir ihm einen winzigen Schubs in die richtige Richtung."

„Und wenn er wieder schnüffelt?"

„Dann weißt du, was zu tun ist."

„Wie viele Tage warten wir noch?"

„Sieben, erst dann holen wir ihn als letzte Option ins Boot."

„Und wenn er sich weigert?"

„Dann lernt er den Herrn der Finsternis persönlich kennen."

GEWISSHEIT

Die Entscheidung für die helle Seite der Macht war letztlich doch keine gute Option. Hinterher ist man immer schlauer, sinnierte Niobe mit Blick über die Stadt, unter einem strahlendblauen Himmel. Mit einer Zigarette in der Hand stand sie auf dem Dach der Firmenzentrale, sozusagen auf der Gegenseite zu ihrem fensterlosen Büro im Keller.

„Reich könnte ich sein. Oder im Gefängnis sitzen", flüsterte sie. Selbst hier oben fühlte sie sich nicht sicher. Niemals hätte sie gedacht, was sich hinter dem seriösen und vielversprechenden Start-up-Unternehmen verbergen würde.

„Kein Wunder, dass die Bundesbehörden…", sagte sie laut und biss sich auf die Zunge. Anfangs fand sie es recht lustig, ein geflügeltes Auge als Firmenlogo zu entwerfen. Gotongie musste es heißen, wie ein niedriger Dämon aus einem Computerspiel. Unbehagen bereitete ihr, das dazu passende Spionageprogramm zu programmieren. Bauchschmerzen bekam sie erst beim Vorbereiten des - natürlich unerlaubten - Netzzugangs weltweit. Als ihr zum ersten Mal das Projekt, die Versuchspersonen und das zu erreichende Ziel gezeigt wurden, freute sie sich auf die Aufgabe. Bis... ja, bis zu dem Zeitpunkt als sie – unerlaubterweise - auf weitere Informationen stieß. Ihr Eindringen ins Netz blieb nicht unbemerkt. Überraschenderweise bekam sie weder Ärger noch die Kündigung. Im Gegenteil, sie wurde eingeweiht, zumindest in einen Teil des Projektes. Das wahre Ausmaß des Plans fand sie selbst heraus. Was aktuell ablief, war schon erschreckend genug, aber irgendwie zu verkraften. Sorgen bereiteten ihr die folgenden Schritte.

Schlimmer noch entpuppte sich das Verhältnis mit ihrem Boss. Zu Anfang war er zuvorkommend und lenkte sie geschickt von allem ab. Mit der Zeit kam das Tier in ihm immer mehr zum Vorschein. Eigentlich war sie nicht abgeneigt, was harten Sex anbelangte, doch die Erniedrigungen hatten mittlerweile ein unterirdisches Niveau erreicht. Ihr Ego, ihre Selbstsicherheit, war völlig verschwunden. Ihre Hände zitterten, als sie die dritte Zigarette nacheinander ansteckte. Sie fühlte sich wie eine machtlose Sklavin ihrem Schicksal ausgeliefert.

ANTWORT

Seltsam. Immer wenn ich mich dem gesperrten Bereich nähere, bekomme ich Kopfschmerzen, überlegte Mike und schloss die Datei. Nachdenklich rollte er in die Küche und zog sich einen Cappuccino aus der Maschine. Das Stück Apfelkuchen schmeckte schal.

Was verbergen sie vor mir?, fragte er sich zum wiederholten Mal und schüttelte den restlichen Schmerz aus seinem Brummschädel.

Das Symbol, das er entdeckte, beschäftigte seine Gedanken.

Ein normales Pentagramm symbolisiert den Menschen und die fünf Elemente. Aber es ist umgedreht, auf einer Spitze, und wird meines Wissens von den Satanisten benutzt. Sie sehen es als Symbol des Gehörnten. Bin ich in der Hölle gelandet? Würde mich nicht überraschen, und verdient hätte ich es.

Nach einer kurzen Pause spann er den Faden weiter: *Eine Sekte von Teufelsanbetern, überwacht von Gotongie,* ratterten seine

Überlegungen wie ein Güterzug durch die Gehirnwindungen.

An seinem Ego kratzte vor allem die Tatsache, dass er bisher nicht weiter als bis zu diesem Pentagramm kam. Frustriert schlug er mit der Faust auf den kleinen Beistelltisch. In hohem Bogen flog die Kuchengabel durch die Luft und drehte sich zweimal um die eigene Achse, bis die Schwerkraft zuschlug. Mike traute seinen Augen nicht, als sich die drei Zinnen der Gabel direkt in das restliche Kuchenstück bohrten.

„Ich Idiot", kommentierte er den Geistesblitz. Tief durchatmend schüttete er den Kaffee in den Ausguss und beförderte den Kuchen in den Mülleimer. Langsam rollte er zu seinem Arbeitsplatz und flüsterte beim Verdecken des fliegenden Auges: „Ist nichts Persönliches, kleiner Freund. Was jetzt kommt, ist privat."

Grinsend verschränkte er die Finger ineinander. Laut knackend, löste er die Verspannungen und strich über die Tastatur.

„Dann wollen wir mal. Scheiß auf die Schmerzen."

Das Pentagramm erschien auf dem Monitor. Der Cursor blinkte und wartete auf die Eingabe eines Codes. Mike spürte den stechenden Schmerz nach dem ersten Eingabeversuch. Tief durchatmend öffnete er ein weiteres Fenster und tauchte ins Darknet ein. Schnell fand er das gesuchte Programm.

„Wer richtig sucht, der findet", flüsterte er, lehnte sich zurück und biss die Zähne aufeinander. Zahlenreihen wechselten die Fenster in Mikrosekunden. Tief bohrte sich die glühend heiße Nadel in seinen Hinterkopf, zumindest fühlte es sich so an. Hechelnd starrte Mike auf den Monitor und erstarrte.

„Code akzeptiert, öffne Menü", stand auf dem Bildschirm. Die Schmerzen wurden unerträglich. Durch einen verschwommenen Vorhang formten sich an jeder Spitze des Pentagramms Buchstaben, die sich zu Worten vereinten. Die Zeichen auf dem Bildschirm explodierten, wie sein Schädel. Inmitten des Symbols erschien der lachende Kopf eines Teufels. Das war das Letzte, was er sah, bevor ihn die Dunkelheit überrollte.

Mike öffnete die Augen und erschrak.

„Ganz ruhig, ich untersuche Sie nur nach Ihrem Anfall", sagte der Mann im weißen Kittel neben seinem Bett. Langsam lichtete sich der letzte Schleier und er erkannte die Person.

„Doktor Caligari", stöhnte er, tastete nach dem Bedienelement und fuhr das Kopfende des Bettes in die Höhe.

„Mike, Sie sind unser wichtigster Mann", lächelte der Arzt und forderte ihn auf, das Hemd zu öffnen. Mit dem Stethoskop hörte er gewissenhaft seinen Oberkörper ab.

„Nichts Außergewöhnliches festzustellen. Wie geht es Ihnen?"

„Wie nach einem dreitägigen Saufgelage auf Malle."

„Aha, der Humor ist noch vorhanden."

„Ist das ein gutes Zeichen?"

„Na klar. Wie weit sind Sie mit der Programmierung?"

Mike überlegte nicht lange und entschied sich für eine Gegenfrage: „Warum die Kopfschmerzen, wenn ich mich auf unbekannte Teile Ihres Intranets zubewege?"

„Vielleicht weil wir nicht wollen, dass jemand schnüffelt, was übrigens auch in

Ihrem Arbeitsvertrag unter dem Punkt „verboten" steht."

„Weil Ihre Firma etwas Ungesetzliches tut?"

„Mike, Mike, immer noch so misstrauisch, nach allem, was wir für Sie getan haben?"

„Liegt an meinem Naturell", scherzte er, doch Dr. Caligari blieb ernst.

„Haben Sie schon mal etwas von Persönlichkeits- und Patentrechten gehört?"

„Kommen Sie mir nicht mit Bürokratiekram. Was ist Genius Malignus?"

„Ach das."

Mike wartete, bis er fortfuhr: „Sie sind ein Teil des Projektes. Wenn ich mir es so recht überlege, der Wichtigste."

„Und warum weiß ich dann nichts darüber?"

„Weil der Zeitpunkt noch nicht gekommen ist, Sie vollständig einzuweihen."

„Doch etwas Unerlaubtes?"

„Zukunftsweisendes."

„Spielen wir das Spiel länger oder kürzen wir ab?"

„Wie Sie wollen, aber zunächst beantworten Sie mir meine Eingangsfrage."

Mike grinste und flüsterte: „Ist alles hier drin", dabei tippte er sich an die Stirn.

„So, so."

„Jepp."

„Und ich soll das jetzt einfach so glauben?"

„Nein."

Verwundert trat Dr. Caligari einen Schritt zurück.

Mike grinste ihn siegessicher an und flüsterte: „Sie müssen mir glauben."

Caligari war nicht nach Lachen zu Mute. Er hasste es, die Zügel nicht selbst in der Hand zu halten. Zähneknirschend drehte er sich kurz um, erlangte die Fassung zurück und lächelte Mike an.

„Wir sind die Guten. Und damit Sie mir glauben, gewähre ich Ihnen Einblick ins Projekt bis zur zweiten Sicherheitsstufe."

Mike hob überrascht die Augenbrauen. So schnell hatte er nicht damit gerechnet.

Beim Hinausgehen drehte sich der Arzt nochmal zu ihm um und sagte unmissverständlich: „In spätestens einer Woche will ich Ergebnisse sehen."

„Als Belohnung bitte ein echtes Fenster", rief ihm Mike hinterher.

Seufzend drehten sich seine Gedanken zurück zum Gespräch.

Habe ich zu extrem gepokert?, fragte er sich.

„Ach was, frisch ans Werk", motivierte er sich. Nach einem Toilettengang und einer Kanne Kaffee saß er vor dem Laptop und wartete.

- — -

„Stufe zwei, nicht mehr."

„Hat er geblufft?"

„Keine Ahnung. Ihr Computerfritzen seid undurchschaubar."

„Ich kümmere mich darum."

„Okay, hoffentlich geht das gut."

Eine Tür fiel ins Schloss. Das Bedienen einer Handytastatur war zu hören.

„Niobe?"

„Ja", kam die schüchterne Stimme aus dem Lautsprecher.

Sie hat Schiss, find ich geil.

„Gib Mike die Freigabe für Stufe zwei."

„Wann?"

„Sofort."

„Ist erledigt, Boss."

„Danke, mein Schatz. Zur Belohnung werde ich dir den Hintern versohlen."

Seine Gesprächspartnerin hatte schon aufgelegt. Verwundert starrte er auf sein Telefon.

Das Pentagramm erschien ohne die Teufelsfratze, diesmal mit Namen.

Auf der linken Spitze stand Mike. Im Uhrzeigersinn folgten Pater Gabriele, Dr. Melanie Brink, Norman Bates und Tenebris.

Seine Entscheidung fiel auf den Pfaffen. Beherzt drückte er auf den angezeigten Link. Ein Fenster öffnete sich:

Name: Pater Gabriele

Geschlecht: männlich

Alter: 38 Jahre

Chip: 3452

Vers: 3.1 (3 Updates)

Tragedauer: 16 Monate 4 Tage

Diagnose: Anstehender Verlust des Augenlichts

Erfolg: Sehfähigkeit zu 85% wiederhergestellt.

Beeindruckt lehnte sich Mike zurück und ließ die Informationen auf sich wirken. Das sind doch gute Nachrichten, warum das Versteckspiel?, fragte er sich und öffnete den nächsten Link.

Name: Dr. Melanie Brink

Geschlecht: weiblich

Alter: 42 Jahre

Chip: 3453

Vers: 3.3 (2 Updates)
Tragedauer: 15 Monate 2 Tage
Diagnose: Die Virologin hat durch eine Infektion die linke Hand verloren.
Erfolg: Künstliche Hand implantiert. 60 Prozent Steuerung über den Chip.

„Wow, ich bin beeindruckt. Sie haben schon richtige Erfolge zu verbuchen", flüsterte Mike und öffnete Link Nummer drei.

Name: Norman Bates
Geschlecht: männlich
Alter: 32 Jahre
Chip: 3433
Vers: 3.0 (0 Updates)
Tragedauer: 18 Monate 2 Tage
Diagnose: Hochgradige Schizophrenie mit vier Aufenthalten in einer Nervenheilanstalt.
Erfolg: Hat sein Leben weitestgehend im Griff und geht einer geregelten Arbeit nach.

„Abgefahren. Noch einer, dann bin ich an der Reihe", sagte er und öffnete den Link an der untersten Spitze des Pentagramms mit der Bezeichnung Tenebris[5].

Eine unendliche Liste mit Namen, Alter, Nationalität und Berufsbezeichnung öffnete sich. Mike kannte keinen davon. Nach einer

---

[5]   *Latein für Finsternis*

Viertelstunde Scrollen und parallelem Checken auf Google war er nicht schlauer als vorher.

Schließlich gab er auf und fragte sich, warum die Liste den seltsamen Namen Tenebris trug.

Was hat die Finsternis damit zu tun? Und wozu eine lateinische Bezeichnung?, fragte er sich und runzelte die Stirn. Das Misstrauen wuchs und wurde von der Neugierde, was ihn hinter seinem Namen erwarten würde, verdrängt. Seine Hand zitterte, als er auf den Link klickte.

Name: Mike

Geschlecht: männlich

Alter: 25 Jahre

Chip: vorbereitet für 3483 Vers: 3.4 (1 Update).

Tragedauer: ausstehend.

Diagnose: Lebensgefährliche Verletzungen durch Unfall. Querschnittgelähmt.

*Erfolg: **Plan** Chip einpflanzen bei erfolgreicher Programmierung. Steuerung des vegetativen Nervensystems.*

Es dauerte etwas, bis er das Gelesene für sich interpretierte.

„Man stelle sich vor, das funktioniert auf breiter Ebene, das wäre der Wahnsinn. Jetzt verstehe ich die Geheimniskrämerei."

Tief durchatmend flüsterte er: „Ohne den Chip bin ich verloren."

Die Erkenntnis traf ihn wie ein Keulenschlag. Die Zweifel wechselten sich mit Schuldgefühlen ab, bis seine Hand zu der Papierabdeckung am Monitor griff und sie entfernte.

„Verzeih mir, Kleiner", flüsterte er und glotzte das fliegende Auge an. Sein schlechtes Gewissen meldete sich und er begann mit der Programmierung.

„Jetzt wird laufen gelernt", sagte er zu dem Exo-Skelett, das hinter dem Schreibtisch eingestaubt an der Wand lehnte, und streichelte den Chip in der Halterung neben der Workstation.

— — —

„Nur zur Info, es funktioniert, er programmiert."

„Endlich."

„Wird er nicht nach dem vorhandenen Code fragen?"

„Ein Programmierer will seine eigenen Spuren hinterlassen."

„Vielleicht schaffen wir die Kehrtwende."

„Das werden wir", antwortete der Gesprächspartner und dachte: *auf die eine oder andere Art.*

PANIK

Seufzend saß Niobe vor ihrem schwarzen Bildschirm. Ihre Gefühle schlugen Purzelbäume. Was hatte sie sich nur dabei gedacht, in ein Unternehmen einzusteigen, das keiner kannte. Sie hätte es besser wissen müssen, doch jetzt war es zu spät zum Aussteigen.

„Hallo, meine Schöne", säuselte es an der Tür. Eine Gänsehaut überzog ihren Rücken, trotzdem drehte sie sich zu ihrem Peiniger um und quälte sich zu einem Lächeln. Langsam schlenderte ihr Boss um den Schreibtisch und schaute auf den Monitor.

„Keine Lust zu arbeiten, du kleine Schlampe", flüsterte er und versetzte ihr eine schallende Ohrfeige. Halb bewusstlos, zerrte er sie in die Höhe, legte sie über den Tisch, riss ihre Hose herunter und steckte seinen steifen Pimmel in ihren Hinterausgang. Sie schrie vor Schmerzen, was ihn nur weiter antörnte. Nach fünf quälend langsamen Minuten war es vorbei.

Mit einem Klaps auf ihren Po verließ er das Zimmer und rief: „Bereite den besprochenen Netzzugang vor, der Termin naht. Ich liebe dich, mein Schatz."

Heulend verblieb sie in der demütigenden Position, bis sie sich endlich aufraffte. Aus der Schublade holte sie ein Taschentuch und wischte das Sperma von ihrem Hintern. Angewidert warf sie es in den Mülleimer. Mit schmerzverzerrtem Gesicht zog sie ihre Hose hoch und setzte sich. Doch die Schmerzen waren zu groß und sie blieb lieber stehen. Lange starrte sie auf das Bild des fliegenden Auges an der Wand. Langsam stieg ihr Adrenalinspiegel. Mit hechelndem Atem schaffte sie es, die Panikattacke zu unterdrücken. Ihr Blick glitt zur Sitzgruppe und dem Kissen auf den beiden Stühlen. Dankbar holte sie sich eines und setzte sich auf den Bürostuhl.

„Was kümmert mich der ganze Scheiß", fauchte sie und schlug mit der Faust gegen den Monitor. Mit schmerzvollem Blick stützte sie den Kopf zwischen ihre Hände. Tränen liefen an ihren Armen herunter und sammelten sich auf ihrem Schreibtisch. Ihr Kopf drohte zu explodieren. Ihr Herz pumpte das Blut viel zu schnell durch die Adern. Wieder einmal, wie so oft in ihrem armseligen Leben, stand sie am Scheideweg. *Bin ich in der Lage, das hier länger zu ertragen? Kann ich mich von dem befreien, oder gibt es einen dritten Weg?* Das waren die Fragen, die nach einer Lösung schrien.

„Scheiße!", fluchte sie, hielt sich den Mund zu und lauschte.

„Keiner im Keller bei der Hure, wozu auch", flüsterte sie über das gleichmäßige Brummen der Server hinweg, dem einzigen Geräusch.

Nach fünf Minuten riss sie sich in die Höhe und verließ entschlossen das Büro.

„Scheiß drauf!", schrie sie und spukte im Vorbeigehen auf ihr Messingschild. Vor dem Aufzug blieb sie stehen und hämmerte auf den Knopf, bis sich die Tür öffnete. Im obersten Stockwerk stieg sie aus, schaute sich um und verschwand ungesehen durch die Tür zum Dach, ihrem Raucherplatz.

Diesmal steckte sie sich keine Fluppe an, sie lief unbeirrt auf das Geländer zu. Überzeugt, das Richtige zu tun, kletterte sie über die Absperrung und schaute in die Tiefe.

Zwanzig Stockwerke reichen, dachte sie und sah schon ihr zermatschtes Ich auf dem Asphalt liegen.

Auf einmal fielen ihr Textzeilen eines Liedes ein: „*Du stehst da oben auf dem Haus.*

Die Menschen unten lachen dich aus.

Du wolltest sterben.

Doch du traust dich nicht mehr.

Ich will dir helfen, kleiner Mann.

Ja, ich bin jemand, der das kann.

Gib mir die Hand, nur ein Schritt.

Keine Sorgen mehr.

Spring doch schon, wer braucht dich noch?

Spring doch schon.

Spring doch schon, wer liebt dich noch?

Spring doch schon.

Spring doch schon, lass' dich fallen Mann,

bis dein Herz zerspringt.

Denn das Leben, das schöne Leben

war für dich doch nur ein Witz.[6]"

Ist mein Leben wirklich nichts wert?, versuchte sie das Unvermeidliche abzuwenden. Ein Zittern durchlief ihren Körper und sie verlor das Gleichgewicht. Mit den Händen krallte

---

[6]   *Spring doch schon von Marius Müller-Westernhagen*

sie sich ans Geländer. Ein Schuh rutschte über den Abgrund und fiel in die Tiefe.

„Das war's", flüsterte sie und löste ihre linke Hand vom Geländer.

VERGELTUNG

Zehn Stunden später rollte Mike erledigt, aber glücklich in die Küche.

„Was gönne ich mir zur Feier des Tages?", grinste er und öffnete den Kühlschrank.

„Jepp", sagte er und beförderte die Pizza in den Backofen. Pfeifend fuhr er zurück und bremste vor dem Exo-Skelett.

„Jetzt ist es soweit Sabine, gleich wirst du mir zeigen, was du draufhast", sagte er, zog das Ladekabel aus der Steckdose und steckte das USB-Kabel in die kleine, aber leistungsstarke Zentraleinheit. Zurück an der Workstation, strich er sanft über den Chip und aktivierte die Verbindung.

„Kompilieren starten."

Geduldig starrte er auf die Zeichen, die über den Bildschirm flimmerten, und blieb auf dem Fortschrittsbalken hängen.

Bei achtzig Prozent klingelte der Wecker des Backofens.

„Okidoki", sagte Mike, rollte in die Küche und holte die Pizza aus dem Ofen. Mit dem

Pizzaschneider bearbeitet, landeten die Stücke auf einem Teller.

„Fehlt nur der Rotwein", schmatzte er, vor dem Computer sitzend.

„Juhu, einhundert Prozent", feierte er sich selbst und schloss den Vorgang ab.

„Jetzt zu dir, Kumpel", sagte er und wechselte zum Fenster des verbundenen Chip-Programms.

„Immer schön aufräumen, damit du schnell findest, was du suchst", sagte er mit der Stimme seines Vaters.

Er hatte recht, auch wenn es sich bei ihm um eine ständig verschlimmernde, zwanghafte Persönlichkeitsstörung handelte, die sich vom normalen Ordnungssinn in eine obsessive Perfektionismus-Neurose verwandelte. Sehr zum Leidwesen der Familie, dachte er.

Einen Teil davon verinnerlichte Mike, und jetzt war er dankbar dafür. Ohne seinen im Darknet gut versteckten Fundus wäre er noch lange nicht soweit. Kauend studierte er die Codezeilen des Chip-Programms.

Irgendwie kommt mir der schlampige Stil bekannt vor, mutmaßte er.

Die aufkommende Euphorie ließ ihn den Gedanken schnell vergessen.

„Ah, da ist die Schnittstellenfunktion."

Einen leeren Teller und zwei Dosen Energiedrinks später, lehnte er sich zurück und ließ seine Zunge schnalzen.

Die innere Unruhe im Zaum haltend, beförderte er das Geschirr in die Küche und erledigte den dringenden Toilettengang. Zurück schaute er auf den blinkenden Prompt des schwarzen Bildschirms.

„Dann wollen wir mal", sagte er, zog die Verbindung aus dem Skelett und richtete die Antenne aus.

Sabine, den rechten Fuß einen kleinen Schritt voraus, gab er in die Tastatur ein. Sein Finger schwebte über der Entertaste. Erst jetzt wurde ihm bewusst, was für eine gewaltige Leistung er erbracht hatte und niemand war anwesend, um ihn zu bejubeln.

„Egal", sagte er und drückte die Taste.

- — -

Zwei Männer beobachteten ihn durch die versteckte Kamera und hielten die Luft an.

- — -

Das Exo-Skelett bewegte sich wie verlangt einen Schritt vorwärts.

„Heilige Scheiße, es funktioniert", stöhnte Mike.

Seine Emotionen überschlugen sich.

„Noradrenalin, Adrenalin und Cortisol, beruhigt euch."

Tief durchatmend wagte er den nächsten Versuch.

Sabine, geh drei Schritte vorwärts, dann zwei zurück. Danach drehst du dich um neunzig Grad nach rechts und gehst drei Schritte vorwärts, tippte er mit schwitzenden Fingern ein.

Diesmal drückte er die Eingabetaste sofort. Eine Sekunde später bewegte sich das Skelett genau nach der Angabe.

„Etwas wackelig und zeitverzögert, das kommt auf die Modifizierungsliste", sagte er stolz und tippte.

Sabine, vier Schritte vorwärts, eine Drehung um zweihundertsiebzig Grad, dann zwei Schritte zurück.

Sabine gehorchte und krachte, wie von Mike beabsichtigt, gegen die Wand.

„Der nächste Punkt", grinste Mike und beendete das Programm.

- — -

„Er hat es wirklich geschafft."

„Sagte ich doch, er ist der Beste."

„Brauchen wir ihn überhaupt noch?"

„Langsam Doc, erst wenn die Feinabstimmung erledigt ist und er den Test mit sich selbst erfolgreich beendet hat", erwiderte Balor.

„Alles andere kannst du?"

„Kein Problem. Mit Niobes Hilfe gehen wir den nächsten Schritt."

„Genau wie vom Fürsten geplant."

„Ohne unsere Hilfe wäre es unmöglich."

„Still, das Böse sieht und hört alles", wurde Balor unterbrochen.

Beide Männer nickten sich wortlos zu.

- — -

Niobe hielt sich mit einer Hand krampfhaft am Geländer fest. Ihr Fuß baumelte über den Abgrund. Ein völlig anderer Gedanke ging ihr auf einmal durch den Kopf, eine gänzlich neue, bessere Möglichkeit erschien wie aus dem Nichts. Grinsend zwang sie ihre Beine zurück auf festen Boden. Tief durchatmend wartete sie, bis das Zittern nachließ.

„Ich dumme Kuh", sagte sie, schwang sich über das Geländer, zog den anderen Schuh aus und warf ihn in das Kiesbett des Flachdaches. Zurück an ihrem Arbeitsplatz, wischte sie sich die Mascara aus dem Gesicht.

„So, du Wichser, das ist meine Rache", sagte sie fest entschlossen und haute auf die Tastatur. Nach einer Stunde intensiven Arbeitens lehnte sie sich zurück. Die Maus schwebte über dem Sendebutton. Niemals hätte sie gedacht, dass es so schwer war, einen Befehl zu bestätigen.

„Hast du es dir wirklich gut überlegt?", fragte sie sich ein letztes Mal.

„Ja, habe ich", sagte sie und drückte den Zeigefinger auf die linke Maustaste.

Mike, jetzt liegt es an dir, dachte sie. Ein Zurück gab es nicht mehr. Eine zentnerschwere Last fiel von ihren Schultern. Sie grinste erleichtert, schaltete den Laptop aus und erhob sich. Vor der Tür blieb sie stehen und starrte auf ihr Namensschild.

„Das war's", sagte sie, schüttelte über ihre eigene Leichtgläubigkeit den Kopf und betrat den Kellerraum neben den Servern, öffnete eine Klappe an der Wand und legte den Laptop auf die Ablage.

„Bye, bye", flüsterte sie und betätigte die Zahlentafel. Zufrieden verließ sie das Gebäude. Die Blicke der Passanten wegen ihrer nackten Füße ignorierte sie. Schwebend lief sie zu ihrer, nur drei Blocks entfernten Bude. Ein paar Sneakers, ein vorbereiteter Koffer, zwei Laptops, eine Notfalltasche, das war's. Ohne sich umzudrehen, verließ sie die Wohnung und verschwand in der Menschenmenge des Nachmittagverkehrs. Ihr Ziel vor Augen, hüpfte sie die Treppen zur U-Bahn herunter wie ein kleines Kind. Achtlos warf sie ihr Handy auf die Gleise und grinste, als sie das Knirschen hörte, als die Bahn einfuhr.

- — -

Mike gönnte sich keine Pause. Die Nachprogrammierung nahm nur eine Stunde in Anspruch. Beherzt bewegte er den Rollstuhl vor das Exo-Skelett. Es dauerte, bis er die richtige Position gefunden hatte.

„Anstrengender als erwartet", fluchte er und wartete, bis sich seine zitternden Arme wieder beruhigten, bevor er die drei Schnallen des breiten Bauchgurtes festzog. Grinsend starrte er auf seine toten Beine, die in dem Gerippe baumelten. Langsam beugte er sich herunter und arretierte die Oberschenkel mit den Kunststoffhalbschalen. Zuletzt zog er die Klettverschlüsse über die Schienbeine und richtete sich auf.

Verschwitzt, aber glücklich, rief er: „Sprachbefehl einschalten."

„Hallo Mike, Befehl ausgeführt", hauchte eine weibliche Stimme aus dem Lautsprecher.

- — -

„Es ist soweit."

„Ruhig bleiben."

„Nicht auszudenken, was uns zukünftig erwartet."

„Reichtum."

„Du denkst nur ans Geld und Weibsbilder."

„Apropos Weiber, ich finde, Niobe hat es verdient, dabei zu sein."

„Okay, ich lass sie zu uns bringen."

- — -

212

„Das läuft ja wie geschmiert", triumphierte Mike und lief einige Schritte durch sein Zuhause. Eine halbe Stunde testete er und notierte sich diverse Feinabstimmungen für später. Erschöpft und glücklich zog er das Skelett aus und ließ sich in den Rollstuhl fallen. Zurück am Rechner, fiel ihm ein veränderter Prompt auf. Ein Link erschien. Zunächst zögerte er, die Neugierde und die aktuelle Euphorie-Welle nötigten ihn förmlich dazu, das Rätsel zu lösen. Er drückte auf den Link und wartete. Ein Fenster öffnete sich. Zwei Hände mit je einer roten und einer blauen Pille erschienen.

„Scheiße, was ist das?"

Plötzlich fiel ihm der Film Matrix ein. Blau - alles bleibt, wie es ist, und hinter der roten Pille verbarg sich die Wahrheit. Ohne zu zögern drückte er auf die rote.

„Ab jetzt gibt es kein Zurück mehr", stand in großen Buchstaben auf dem Monitor. Das Licht flackerte und erlosch. Gebannt verharrte Mike vor dem toten Bildschirm.

Die Aufzugstür öffnete sich. Erschrocken drehte Mike sich um und glotzte auf den Laptop.

„Versteckte Kamera?", mutmaßte er und rollte auf den Rechner zu.

Zurück am Schreibtisch, klappte er den Bildschirm nach oben und starrte auf das Symbol eines Auges.

„Das ägyptische Wahrheitssymbol", flüsterte er.

- — -

„Verflucht, was ist los?"

„Sieht aus wie ein Stromausfall", jammerte Doktor Caligari.

„Balor, Niobe ist nicht in ihrem Büro", rief jemand von der Tür.

„Scheiße!", fluchten beide Männer.

DRITTER

TEIL

FAKE

Ladevorgang beendet, stand auf dem Monitor. Mike wartete geduldig, bis sich die Buchstaben auflösten und weitere Worte auftauchten.

„Lügen versperren den Weg zur Wahrheit," stand auf dem Monitor. Erschrocken zuckte er zusammen, als eine weibliche Stimme erklang: „Hallo, Mike. Diese Aufklärung ist mein Werk, und ich bin überzeugt, das Richtige zu tun. Schau dir die Videos mit den Kommentaren an und dann – ja, dann hoffe ich, dass du angemessen reagierst."

Eine Frau mittleren Alters lief durch einen Sicherheitstrakt in ein Labor.

„Das ist Melanie, Spitzname die Laborratte. Eine angesehene Virologin, die ein brutales Virus entwickelt hat - Mystic genannt. Bei einem Unfall verlor sie ihre Hand. Die künstliche wurde vom Institut günstig zur Verfügung gestellt. Natürlich inklusive dem Chip in ihrem Schädel. Sie nutzten ihren labilen Charakter und suggerierten ihr, dass ihr Ehemann fremdgeht. Letztlich wollten sie

Zugriff auf das Virus außerhalb des Labors und natürlich einen Test. Hier siehst du eindrucksvoll, wie Mystic funktioniert."

Ein sabbernder Mann an einem Esstisch erschien. Blut lief aus einer riesigen Bauchwunde, aus der seine Darmschlingen heraushingen. Grinsend griff er mit beiden Händen in die Wunde und riss seinen Körper auseinander. Mike schaffte es gerade noch, den Kopf zur Seite zu drehen, und kotzte seinen Mageninhalt auf den Boden.

„Sie hat ihren Mann und einen Arbeitskollegen auf diese Weise beseitigt, sehr zum Wohlwollen von Doktor Caligari und seinem Anhang. Ein armes Mädchen aus dem Fitness-Studio musste auf andere Art dranglauben. Zurzeit ist sie manisch-depressiv, massiv alkoholabhängig und durch die Medikamente nur schwer über den Chip mit dem labilen und unzureichenden Programm zu beherrschen."

„Sie wollen meine Programmierung, um Menschen zu steuern. Marionetten - das also ist ihr wahres Ziel ", stöhnte Mike.

„Auf Melanies Anwesen lagert ein mir nicht genau bekannter Vorrat des Virus'."

Das Video verschwand nach oben und machte Platz für das zweite. Mike wischte sich den Mund an seinem Ärmel ab und sah ungläubig zum Bildschirm. Das Video zeigte, wie einem Mann Kletterhaken durch Hände und Füße genagelt wurden. Den Holzpfahl, der durch das Herz des Opfers geschlagen wurde, sah er nicht mehr, er übergab sich ein weiteres Mal.

„Das ist Pater Gabriele - oder der Exorzist. Er litt unter einer sehr seltenen Augenkrankheit, die unweigerlich zur Erblindung führt. Durch den Chip ist er nicht nur in der Lage zu sehen – nein, er sieht die wissenschaftlich unbestreitbaren Auren von Lebewesen. Er deutet die Ausstrahlungen nach einem einfachen Schema: Schwarz = böse. Nach seiner Meinung hat Gott ihm persönlich die Gabe übermittelt, um auf der Erde aufzuräumen. Ich denke, dass er damit sogar etwas Gutes bewirkt. Für das Institut ist er wertlos. Er zeigt keinerlei Reaktionen auf die Befehle oder Aufforderungen. Welche Ziele sie ursprünglich mit ihm verfolgten, weiß ich nicht. Die Kirche hat ihn in das Amt eines Exorzisten erhoben. Ich dachte, so etwas gibt es seit dem Mittelalter nicht mehr und wurde eines Besseren belehrt."

Das Foto eines dreißigjährigen, bleichen Mannes erschien.

„Die letzte Testperson ist Norman, der Killer. Er hört, seit ihm der Chip eingepflanzt wurde, die Gedanken der Menschen in seiner Umgebung. Wie das möglich ist, erschließt sich mir nicht wirklich. Anfangs steuerten sie ihn problemlos, mittlerweile ist der Zugriff gering. Der Irre hat schon etliche Personen auf dem Gewissen. Aktuell ist er auf der Flucht, weil er seinem Psychiater den Schädel eingeschlagen hat. Weitere Informationen gibt es nicht."

Mike schluckte und dachte: *Dies waren die positiven Beispiele, die mir Dr. Caligari zeigte, um mich aus der Reserve zu locken.*

„Was es mit der Liste auf sich hat, weiß ich leider nicht", sagte die Frau und der Monitor schwärzte sich. Ein verpixeltes Bild formte sich zum Foto eines Zimmers, seines Zimmers! Blitzartig drehte Mike den Kopf in Richtung der unsichtbaren Kamera und zischte einen Fluch.

„Und das bist du. Sie überwachen dich und die anderen rund um die Uhr. Was machen deine Kopfschmerzen? Sicher ist dir spätestens jetzt bewusst, was die eigentliche Ursache dafür ist. Ja, Mike, sie haben dir längst einen Chip in den Schädel eingepflanzt. Hier ein Link zu deiner interessanten Operation."

Nach einer kurzen Pause fuhr die Stimme fort: „Was mit dir nach der Übergabe der Codierung passiert wäre? – Du bist fantasievoll genug, um es zu wissen."

Die Ansicht wechselte zu einem Timer.

„Ich habe für einen einstündigen Stromausfall gesorgt. Freunde von mir kümmern sich danach um die Server. Auf dem Laptop findest du deine aktuelle Programmierung sowie die Zugangsdaten zu Melanie, Gabriele und Norman. Dein Update habe ich schon auf ihren Chips installiert. Mit dem Senden-Button stehst du in direkter Verbindung mit den Dreien. Die Koordinaten deines Gefängnisses und die der Zentrale findest du unter dem entsprechenden Link. Vergiss nicht, deinen persönlichen Bereich zu lesen.

Mike, es handelt sich um eine brutale, vor nichts zurückschreckenden Sekte, die den Fürsten der Finsternis höchstpersönlich anbeten. Balor, genannt das böse Auge, und Doktor Caligari, dessen Name aus einem Horrorfilm stammt, sind die eigentlichen Drahtzieher. Die Gläubigen treffen sich regelmäßig im Keller einer alten Kirche, mehr dazu im Link. Eins noch: Der Laptop wird sich nach Ablauf der Zeit selbst zerstören. Ich wünsche dir, dass du die richtige Entscheidung triffst. Ob ich jetzt noch am Leben bin, weiß ich nicht - ist aber auch egal. Leb wohl."

Mike hielt die Luft an und versuchte, die Masse an Informationen zu verarbeiten. Nach sechzig Sekunden füllte er seine Lungenflügel und sah auf den Timer. Zehn Minuten waren seit dem Ausfall vergangen. Er musste eine Entscheidung treffen. Sehnsüchtig schaute er auf das Exo-Skelett - genau zwei Sekunden - dann widmete er sich den Links. Nach weiteren zehn Minuten schüttelte er den Kopf, leerte die Wasserflasche in einem Zug, streckte sich und hämmerte auf die Tastatur.
Schweißgebadet schaute er auf den Timer.
„Noch fünf Minuten", flüsterte er, aktivierte die drei Programme und lehnte sich zurück.

„Ich war so blind, naiv und dumm", fluchte er und sah sich im Halbdunkel um, bis er fand, wonach er suchte.

„Halt, zuerst noch…", sagte er, legte den Laptop in den Aufzug und drückte den Schalter.

„Jetzt bin ich an der Reihe."

Langsam rollte er zur Steckdosenleiste neben dem Tisch, griff nach einem der Verlängerungskabel und entfernte alle Verbindungen. Tief durchatmend schaffte er es beim fünften Versuch und hielt die losen Enden des Kabels in Händen. Behutsam spreizte er die einzelnen Leitungen auseinander, erst dann drückte er den Stecker zurück in die Dose. Mit zusammengebissenen Zähnen fühlte er die Narbe an seinem Hinterkopf. Zufrieden positionierte er die Kabelenden, nickte und wartete.

- — -

Gabriele saß im Beichtstuhl, hob irritiert den Kopf und lauschte. Nach drei Minuten sagte er: „So ein Schwachsinn. Hört sich an wie aus einem Horrorbuch. Was sich das Gehirn manchmal ausdenkt."

„Aber Herr Pfarrer, es war wirklich so", brüskierte sich die Stimme auf der anderen Seite des Beichtstuhls.

„Entschuldigung, bitte wiederholen Sie nochmal Ihr Anliegen."

„Alles in Ordnung, Herr Pfarrer?"

„Ja, ja."

Für Gabriele war die Sache erledigt. Konzentriert hörte er der Beichte weiter zu.

- — -

Melanie sah in den Spiegel und war nicht wirklich erschrocken. Vier Tage im Saufkoma gingen nicht spurlos an jemandem vorbei. Mit beiden Händen versuchte sie ihr Haar zu richten und gab nach zwei Minuten auf.

„Duschen", flüsterte sie und ekelte sich vor ihrem eigenen Mundgeruch. Aus dem Augenwinkel sah sie die Schnapsflasche. Ihre Hände zitterten, widerstanden aber nicht dem Drang, danach zu greifen.

„Leer", fluchte sie. Innerlich erleichtert über den Zustand, atmete sie auf.

„Wasser", sagte sie und drehte sich um. Auf dem Weg zur Küche hielt sie inne und lauschte aufmerksam der Stimme in ihrem Kopf.

- — -

Norman sah sich erschrocken um. Nur zwei Männer im Anzug unterhielten sich am Stehtisch des Selbstbedienungsrestaurants, in dem er ein Sandwich verspeiste.

„What the fuck…", lachte er und verschluckte sich. Nachdem er einen Schluck von der Diät-Cola heruntergewürgt hatte, dachte er über das Gehörte nach und kam zu dem Entschluss, dass es sich um Bullshit handelte. Auf die Idee, dass er mit der Botschaft gemeint war, kam er nicht. Sehnsüchtig wartete er stattdessen auf den Ruf seiner Mutter.

- — -

„Warum dauert das so lange?"

„Keine Ahnung."

„Scheiße, ausgerechnet jetzt. Wieso unternimmst du nichts?"

„Ich denke."

„Das Projekt…"

„Panik hilft nichts. Halts Maul, Doc."

„Balor, wie redest du mit mir?"

Ein Schlag ins Gesicht ließ Doktor Caligari verstummen. Mit blutender Lippe lag er in der Ecke und heulte.

Das Licht ging an und der Monitor blinkte. Langsam baute sich das Bild auf.

„Scheiße! Bitch, was hast du getan?", stöhnte Balor und glotzte auf die Guy-Fawkes-Maske, dem Symbol von Anonymous.

„Eine Gefährtin hat uns geflüstert, dass hier extrem teuflische Angelegenheiten vonstattengehen. Jetzt nicht mehr, die Server werden gelöscht. Habe die Ehre."

Der Monitor wurde schwarz. Balor ließ sich auf seinen Stuhl fallen und schlug die Hände vors Gesicht.

- — -

Das Licht ging an, Mike atmete tief durch und erschrak, als eine kurze, aber heftige Detonation aus dem Aufzugschacht erklang. Rauch quoll aus der geschlossenen Klappe.

„Keine halben Sachen", seufzte er und drückte die losen Kabelenden an seinen Hinterkopf. Funken sprühten, verbrannten seine Haut, die Haare und den Chip. Mit einem lauten Schrei fiel sein Kopf auf die

Tischplatte. Blut verteilte sich über der Tastatur.

- — -

Balor schlug mit der flachen Hand auf den Schreibtisch und schrie seinen Frust heraus. Niemand traute sich, die Tür von außen zu öffnen.

Doktor Caligari erhob sich und wankte auf Balor zu. „Eine Kopie, hast du wenigstens eine Kopie?"

„Halt endlich die Fresse."

„Du Vollidiot hast nicht mal eine Sicherung? Der Fürst wird dir die Gedärme herausreißen", höhnte er.

Balor sprang auf, schnappte ihn am Hals und schüttelte ihn, bis er die Augen verdrehte und ohnmächtig wurde. Nach kurzem Zögern brach er ihm das Genick und warf ihn angewidert zu Boden.

„Memme, ich bin kein Anfänger", sagte er, nahm aus der gesicherten untersten Schublade ein Laptop, schaltete ihn ein und aktivierte den Zugang. Daneben stellte er einen Sendeverstärker und verband die Geräte miteinander.

„Hättest besser die Liste aufmerksam gelesen, Niobe. Dann wäre dir dein Name aufgefallen. Unter all den ahnungslosen Geimpften, die den neuen Chip haben, warst du eine der ersten Testpersonen. Und jetzt orte ich dich, meine süße kleine Fickbraut."

Nach einer Minute starrte er überrascht auf die Koordinaten und hob die Augenbrauen.

„Unerwartet", kommentierte er das Ergebnis und drückte den Backuprückgängig-Button seines Lieblings. Nach fünf endlosen Minuten erschien eine Eingabezeile auf dem Bildschirm. Er war sich des Risikos, das er einging, bewusst. Die Wahrscheinlichkeit, am massiven Signal den Chip zu zerstören und Norman für immer zu verlieren, lag bei sechzig Prozent.

„Die Schlampe ist es mir wert", zischte er, gab die Anweisung ein und bestätigte mit der Entertaste den Befehl.

Er wartete noch eine Minute, bevor er sich ausloggte, den Laptop in einer Tasche verschwinden ließ und sein Büro abschloss.

Niemand stellte sich ihm in den Weg oder sprach ihn an.

„Mike, ich komme", zischte er zwischen zusammengebissenen Zähnen.

INITIATIVE

Norman saß auf einer Parkbank. Dem schlechten Wetter geschuldet, war er alleine und genoss die Stille. Mit Blick auf das Wohnmobil wartete er geduldig auf den einen Moment.

„Norman", dröhnte plötzlich die Stimme seiner Mutter mitten in seinem Schädel, so laut wie nie zuvor. Erschrocken zuckte er zusammen.

„Ich habe eine Aufgabe für dich, mein Sohn."
Er stöhnte und drückte die Handflächen auf seine stechenden Schläfen.

„Du wirst auf der Stelle eine Frau töten. Wie und wo überlasse ich dir, aber mach es langsam, lass sie leiden. Sie ist einen Meter fünfundsiebzig groß und hat kurze schwarze Haare mit zwei lila Strähnen. Ihr Name ist Niobe."

Normans Trommelfelle drohten zu zerplatzen.

„Ja, Mutter!", schrie er vor Schmerzen.

„Schreibe dir die Adresse auf", hämmerten die Worte in seinem Gehirn.

Seine Hände zitterten, als er den Filzstift aus seiner Tasche holte und die Daten auf seinen Unterarm kritzelte.

„Erlöse mich, bitte", flehte er, der Ohnmacht nahe.

„Töte das Miststück", kreischte seine Mutter und verstummte.

Normans Körper fiel von der Bank. Zitternd, mit Schaum vor dem Mund, lag er auf dem Boden. Nach fünf Minuten quälte er sich in die Höhe.

„Ja. Mama. Ich werde es tun", stotterte er und wankte zum Wohnmobil. Über dem Spülbecken wischte er Schweiß und Schaum vom Gesicht und schöpfte Wasser zum Trinken. Die letzten Schmerzen abschüttelnd, schaute er zur leicht verwischten Adresse auf seinem Arm. Nickend tippte er sie in das Navigationssystem und startete den Motor.

„Niobe, ich komme", kicherte er und drückte das Gaspedal durch.

- — -

„So ein Mist, das wird nicht reichen für heute Abend", fluchte Balor und schlug zum wiederholten Male auf die Hupe.

„Ein Unfall, auch das noch. Es ist zum Kotzen", schimpfte er und sah den Blaulichtern hinterher.

- — -

Niobe schaute sich zum wiederholten Male um. Sie versuchte das Gefühl, beobachtet zu werden, abzuschütteln und konzentrierte sich auf das, was vor ihr lag.

Wird er mich anhören und begreifen, was ich ihm sage?, überlegte sie. Plötzlich fiel ihr ein, dass sie sich noch nie Gedanken über ihre Aura gemacht hatte.

Was, wenn meine schwarz ist? Wird er mich dann töten?, erschrak sie. Ihr blieb nichts Anderes übrig, als das Risiko einzugehen. Was hatte sie schon zu verlieren, außer ihrem armseligen Leben? Sie hatte sich dafür entschieden, zu der ihrer Meinung nach einzig vernünftigen Person zu gehen. Tief durchatmend setzte sie ihren Weg zur Kirche fort. Der Kies knirschte unter ihren Füßen und in ihrem Kopf. Erleichtert, das Geräusch endlich überwunden zu haben, stand sie auf der ersten Stufe der Steintreppe vor dem Portal. Ehrfürchtig schaute sie über die

Kirchturmspitze zum wolkenverhangenen Spätnachmittagshimmel.

Wann war ich das letzte Mal in einer Kirche? Ist sie überhaupt offen? Ist er anwesend?, ratterten die Fragen durch ihren Kopf.

Angespannt erklomm sie die drei Stufen und drückte zaghaft die schwere Messingklinke herunter. Erleichtert atmete sie auf und öffnete den quietschenden Türflügel. Nach einem kurzen Blick über die Schulter verschwand sie in der Kirche. Andächtig stand sie zwischen den Bänken und wusste nicht recht wohin. Die Atmosphäre des Gotteshauses legte einen Schalter in ihrem Kopf um. Sämtliche Emotionen traten gleichzeitig an die Oberfläche, als ihr bewusst wurde, was sie getan hatte. Ihr Körper zitterte und sackte in sich zusammen. Weinend saß sie auf der harten Holzbank.

Pater Gabriele sah der Frau nach, als sie in seiner Kirche verschwand. Verwundert versuchte er, ihre ständig wechselnde Aura zu deuten. Nach fünf Minuten gab er auf, erhob sich von der Bank im Kirchgarten und betrat die Kirche. Ihr Schluchzen war nicht zu überhören. Langsam lief er auf sie zu, legte behutsam die Hand auf ihre Schulter und flüsterte: „Bist du zur Beichte hier?"

Das Herz rutschte Niobe in die Hose.

„Warum zitterst du? So schlimm wird es nicht sein."

Oh, wenn du wüsstest, was gleich auf dich zukommt, dachte sie und drehte sich um.

Der leibhaftige Gabriele lächelte sie freundlich an. Mit einer Handbewegung zeigte er auf den Beichtstuhl im Seitenflügel der Kirche. Die dunkle, mehrere hundert Jahre alte Holzkabine lud nicht gerade zum Verweilen ein. Er spürte ihr Zögern und flüsterte: „Es gibt zwanglose Alternativen."

Niobe nickte und fühlte sich wie das Opferlamm kurz vor der Schlachtung. Gemeinsam verließen sie die Kirche. Als sie durch den kleinen Garten liefen, zeigte der Pastor auf die schlichte Holzbank, auf der er vor wenigen Minuten noch saß. Niobe schüttelte den Kopf und schaute sich um.

Das Wohnmobil auf der anderen Straßenseite registrierte sie nicht. Auch nicht den Mann, der sich herunterbeugte, als sie sich hinsetzte. Genauso wenig hörte sie sein Kichern: „Mutter, ich habe sie gefunden. Jetzt warte ich auf den richtigen Moment."

Gabriele lächelte ihr aufmunternd zu.

„Dann gehen wir am besten in mein bescheidenes Heim."

Niobe nickte und versuchte zu lächeln - es misslang kläglich. In der Küche angekommen, bot er ihr einen Platz auf einem der zwei Holzstühle an. Sie setzte sich mit Blick zum Fenster und hob überrascht die Augenbrauen, wie bequem der Stuhl war, entgegen seinem Aussehen.

„Hagebuttentee?"

Niobe schüttelte den Kopf.

„Etwas Stärkeres vielleicht?"

Gabriele wartete nicht auf ihr Nicken, erhob sich und öffnete den Hängeschrank. Zwei bis zum Rand gefüllte Gläser standen wenig später zwischen ihnen auf den Tisch.

„Wollen wir?"

Niobe nickte und leerte das Glas in einem Zug. Die klare Flüssigkeit löste ihre Zunge, bevor das Brennen im Bauch ankam.

Gabriele faltete die Hände und hörte aufmerksam zu, ohne ihren Redefluss zu unterbrechen. Sie redete schnell und verhaspelte sich mehrmals, trotzdem verstand er alles, was sie sagte. Ihr Körper sackte erleichtert in sich zusammen, nachdem sie den letzten Satz ausgesprochen hatte. Fragend schaute sie ihn an.

Gabriele lehnte sich zurück, verschränkte die Arme auf der Brust und flüsterte: „Geht es dir jetzt besser?"

Sie nickte und schaute verstohlen zum leeren Glas. Lächelnd schenkte er ihr nach und wartete, bis sie es auf dem Tisch abstellte.

„Dann ist es also wahr, was mir die Stimme vor einer Stunde gesagt hat?"

„Das war Mike", erwiderte sie und setzte sich aufrecht hin.

Er hat etwas unternommen, hoffentlich geht es ihm gut, dachte sie und schaute in Gabrieles gütige Augen.

„Jetzt weiß ich auch, wer die Person bei der Versammlung war", flüsterte er mehr zu sich selbst.

„Doktor Caligari oder Balor?"

„Der Arzt, der mein Augenlicht wiederherstellte."

„Warum haben Sie sich nicht von den Stimmen steuern lassen?"

„Dank der neu gewonnenen Gabe ging ich davon aus, dass der Teufel höchstpersönlich zu mir spricht."

Nach einer Pause fuhr er fort: „Irgendwie hatte ich damit sogar recht", sprach er ihre Gedanken aus.

„Warum kamen Sie zu mir?"

„Vor Norman und dieser Melanie habe ich Angst."

„Kann ich verstehen. Gar nicht auszudenken, wenn die das Virus in die Hände bekommen."

Niobe ließ ihren Kopf hängen. So weit voraus hatte sie nicht geplant. Der Begriff „Verbündete" löste eine Erinnerung in ihrem Kopf aus. Gabriel spürte, dass etwas mit ihr passierte und wartete.

„Ich habe dafür gesorgt, dass die Server gelöscht werden."

„Das ist schon mal ein Anfang. Dieser Mike hat sicherlich Melanie und Norman ebenfalls kontaktiert."

„Hoffentlich."

„Sie werden hinter Mike und dir her sein. Ich darf doch du sagen?"

Niobe nickte.

„Wir müssen für deine Sicherheit sorgen. Am besten wird sein, wenn du erst einmal hier bei mir bleibst."

„Denkst du nicht, dass sie genau das ahnen?"

„Ich würde dich auf der Flucht, weit weg, vermuten. Bahnhöfe oder Flughäfen überwachen, das wäre mein primäres Ziel."

„Und was tun wir? Zur Polizei gehen?"

„Später vielleicht."

„Hast du ein Handy?"

Wortlos griff er in die Robe und reichte ihr sein altmodisches Mobiltelefon.

„Kein Code?", fragte sie.

„Wozu? Ich benutze es selten", lächelte er.

„Das sieht man", erwiderte sie und aktivierte das Telefon.

„Darf ich fragen, was du vorhast?"

„Wie gesagt, ich habe die Server von der Hackergruppe Anonymous löschen lassen."

„Oh."

„Ich hätte eine von ihnen sein können, wenn ich nicht so saudumm gewesen wäre."

Dann fiel ihr ein, wo sie sich befand und sah Gabriele entschuldigend an.

„Ist schon gut. Gott kann auch verzeihen."

„Ich will nachfragen, ob es funktioniert hat."

„Mach das, ich werde jetzt zur Abendmesse gehen und danach reden wir weiter."

Niobe schaute ihn fragend an.

„Was willst du noch loswerden?"

„Welche Farbe hat meine Aura?"

Gabriele lachte und gab ihr eine ehrliche Antwort: „Anfangs wechselte sie ständig von dunklen zu hellen Farbtönen. Jetzt erhellt sie die Umgebung mit einem wunderschönen Gelb."

Erleichtert fiel die letzte Anspannung von ihr ab und sie lächelte zum ersten Mal an diesem ereignisreichen Tag.

„Ich muss jetzt zur Abendmesse. Sie dauert höchstens eine Stunde. In dem Schrank findest du Brot und im Kühlschrank bestimmt etwas Passendes dazu. Bediene dich ruhig, bis ich zurückkomme. Und mach dir nicht so viele Sorgen, der Herr wird uns leiten, das Richtige zu tun."

Früher hätte sie darüber gelacht, doch heute hoffte sie auf Gottes Hilfe. Gemeinsam liefen sie zur Tür der Pfarrwohnung. Sie winkte ihm zum Abschied nach.

Als wären wir verheiratet, überlegte Niobe und schloss die Tür. In der Küche wählte sie die geheime Nummer und lauschte der kurzen Antwort. Zufrieden schnitt sie sich eine Scheibe Brot ab, beschmierte sie mit Butter und ließ sich die Mahlzeit schmecken. Nach außen hin die Ruhe selbst, herrschte in ihrem Inneren das totale Chaos.

- — -

„Perfektes Timing, Pfaffe", grinste Norman und streckte den Mittelfinger in Gabrieles Richtung. Froh gelaunt stieg er aus dem Wohnmobil.

- — -

Bei Gott, wenn das stimmt, was mir die Stimme gesagt hat, dann… weiter kamen Melanies Überlegungen nicht. Sie kotzte frei weg in die Spüle. Gelbe Gallenflüssigkeit vermischte sich mit ihrer letzten Mahlzeit, einem Haferbrei. Angewidert griff sie nach dem Geschirrhandtuch und wischte sich den Mund ab. Tausend Gedanken rasten durch ihren Kopf,

„Was ist nur aus mir geworden?", flüsterte sie und starrte auf das Hochzeitshologramm auf dem Kühlschrank. Zwei glückliche Menschen lagen sich auf einer Segeljacht in den Armen.

„Wo ist sie hin, die Glückseligkeit? Geopfert für Ruhm und Ehre. Eher für Dummheit und

Naivität", sagte sie, begleitet von einem sarkastischen Lachen. Sie riss die Kühlschranktür auf und schnappte sich eine Dose Cola.

„Das tut gut", stöhnte sie und drückte das kalte Metall auf die Stirn.

Rache, überlegte sie, öffnete die Dose und leerte sie in einem Zug. Laut rülpsend lief sie ins Bad. Die eiskalte Dusche weckte die längst totgeglaubten Lebensgeister. Zwei Tassen schwarzen Kaffees später, fiel ihr eine zunächst als unwichtig abgetane Informationen wieder ein. Ein Blick zum Kalender und anschließend auf die Uhr zauberte ein Grinsen in ihr mit tiefen Furchen durchzogenes Gesicht.

„Das ist mehr als adäquat", sagte sie mit fester Stimme und lief ins Schlafzimmer. Mit einem schwarzen Hosenanzug stand sie vor dem Spiegel und nickte ihrem Spiegelbild auffordernd zu. So sicher wie schon lange nicht mehr, stieg sie die Stufen zum Keller herunter, öffnete die rote Tür und betrat das Labor.

„Das wird reichen", flüsterte sie, griff nach der Einkaufskühltasche und packte zwei Sprühdosen und die Glasflasche in

Plastikbeutel, bevor sie alles in der Kühltasche verstaute.

„Auf geht's Mystic, zum letzten Akt, zu Dantes Höllentrichter in den untersten Kreis", lächelte sie, schnappte den schwarzen Kapuzenmantel und verließ das Haus, ohne abzuschließen. Im Auto griff sie nach dem blutroten Lippenstift und trug ihn dick auf. Lächelnd sagte sie zum Innenspiegel: „passt perfekt", startete den Wagen und fuhr entschlossen in der einsetzenden Dämmerung ihrem Ziel entgegen.

VERBINDUNG

Erschrocken zuckte Norman zusammen, als die Kirchenglocken läuteten. Im Schatten einer Eiche wartete er, bis der Messdiener die Kirche betrat und das Portal hinter sich schloss. Die Angst vor Mutters Stimme trieb ihn an. So unsichtbar wie möglich schlich er durch den Garten zur Eingangstür.

Vergessen, die Tür abzuschließen, fiel Niobe ein. Sie stand auf, lief durch die Küche zum Flur und erstarrte.

„Norman", flüsterte sie und starrte in die wirren Augen des Mannes, der im Türrahmen stand. Ihr Blick wanderte zur riesigen Messerklinge.

„Hi", stöhnte Norman und löste so ihre Starre.

„Was willst du von mir?", flüsterte sie, lief langsam rückwärts zurück in die Küche, den Blick auf Norman gerichtet, der ihr im selben Tempo folgte. Sie stieß mit der Hüfte an den Tisch. Mit der rechten Hand zeigte sie auf ihn und wiederholte die Frage. Mit der anderen tastete sie nach dem Brotmesser.

Erleichtert umklammerte sie den Griff und wartete.

„Ich will dich", höhnte Norman und fuchtelte mit dem Messer wild durch die Gegend.

„Dann musst du mich holen", erwiderte Niobe. Der Schmerz in ihren Fingerknöcheln, vom Umklammern des Messerschaftes, gab ihr keine Sicherheit. Im Gegenteil, die Angst, jemanden zu töten, wuchs unaufhaltsam mit der Furcht getötet zu werden. Langsam, mit dem Messer voraus, trat Norman auf sie zu. Niobe atmete so flach wie möglich, um seinem widerlichen Mundgeruch zu entgehen.

„Ich höre deine Gedanken", zischte Norman und hob die Messerhand in die Höhe.

Diesen Aspekt hatte Niobe völlig vergessen. Hektisch riss sie ihren Arm herum und stach zu. Norman wich geschickt aus und sah belustigt zu, wie Niobe durch den Schwung das Gleichgewicht verlor. Das Messer flog im hohen Bogen durch die Luft und landete krachend auf den Fliesen im Flur. Fluchend drehte sie sich auf den Rücken. Ihr zweiter Fehler, wie sie viel zu spät erkannte. Hilflos sah sie Norman heranfliegen. Unsanft landete er auf ihr und drückte ihr die Luft aus den Lungenflügeln. Wild um sich schlagend versuchte sie, ihren Peiniger loszuwerden. Ein Arm nach dem anderen verschwand unter seinen Knien. Die Körperverlagerung nutzend, japste sie gierig nach Luft. Die schwarzen Punkte in ihrem Blickfeld verschwanden und weckten neue Lebensgeister. Ungeachtet der Klinge, die sich ihrem Auge näherte, rammte sie die Knie in seinen Rücken. Befriedigt hörte sie sein Stöhnen und wiederholte den Vorgang. Normans Körper wankte, das Messer entglitt seiner Hand. Beide starrten bewegungslos auf die im Mondlicht silbern glitzernde Klinge. Die Spitze bohrte sich neben Niobes Ohr in den Parkettboden. Sie nutzte die Chance und stemmte sich mit aller Kraft gegen seinen Körper. Norman verlor das Gleichgewicht, fiel laut fluchend nach vorne und brach mit seiner Gürtelschnalle Niobes Nase. Der blitzartige Schmerz brachte ihre Gegenwehr zum Erliegen. Warmes Blut lief in ihren Mund. Hektisch ausspuckend, verhinderte es nicht den einsetzenden Hustenanfall, der in ein erbarmungsloses Erbrechen überging.

„Verdammte Fotze, meine Hose!", schrie Norman und riss das noch zitternde Messer aus dem Holzboden und schwang sich wieder auf sie. Ungeduldig wartete er, bis der Würgereiz verstummte.

„Jetzt vollenden wir das Ganze", sagte er und grinste wie der Teufel persönlich. Langsam brachte er das Messer in Position. Niobe hielt die Luft an und sah zur Spitze, die zwei Millimeter vor ihrer linken Iris schwebte.

Hoffentlich geht es schnell, dachte sie und schloss die Augen. Lachend holte Norman aus. Der Knauf des Messers knallte gegen ihre Stirn.

„Ich muss dich quälen, Befehl von Mama", grinste Norman und schulterte die bewusstlose Niobe. An der Tür lauschte er den wenigen Stimmen. Zufrieden schlich er aus dem Haus zum Wohnmobil und warf Niobes lebloses Körper auf das Bett.

„Mutter, ich habe sie", lachte er und schwang sich hinter das Lenkrad.

„Ich werde dich nicht enttäuschen", sagte er und war erleichtert, keine Antwort zu bekommen. Er startete den Wagen und fuhr los.

- – -

Melanie erreichte ihr Ziel bei einsetzender Dunkelheit. Ihren Wagen parkte sie im Halteverbot zwei Blocks weiter. In dieser Gegend wird er eh nicht lange stehenbleiben, und sie brauchte keinen Wagen mehr. Nicht nach dieser Nacht.

Endstation, dachte sie und rang sich ein gequältes Lächeln ab. Den Mantel verschlossen, die Kapuze tief ins Gesicht gezogen, streifte sie um die Häuser. Es dauerte nicht lange, bis sie fand, wonach sie suchte. Zwei in schwarz gekleidete Hünen wiesen ihr den Weg. Sie verschwanden hinter einer Hecke. Ohne sich umzudrehen, nahm sie denselben Weg und fand sich in einem verwilderten Garten wieder. Sie folgte dem Trampelpfad bis zu einem verfallenen Gebäude.

Eine Kirche, was für eine Farce, fand sie und sah, wie die Männer durch ein intakt aussehendes Portal schlüpften. Melanie wartete und überlegte. *Was, wenn ich ein Codewort brauche?* Erschrocken zuckte sie zusammen, als ein Räuspern hinter ihr erklang.

„Zum ersten Mal hier?"

Sie nickte schüchtern und hoffte, dass ihre zitternden Knie unbemerkt blieben.

„Lass dir von Pazuzu helfen. Ist natürlich nicht mein richtiger Name", lachte die eindeutig männliche Person.

Gleich wird er mich nach meinem Scheiß-Dämonennamen fragen, überlegte sie. Plötzlich fiel ihr der Name wieder ein, den die aufklärende Stimme erwähnte.

„Tenebris", wisperte sie.

„Oh, die Dunkelheit auf lateinisch. Passt zu dir und deinem düsteren Gewand. Mein Name stammt übrigens aus dem Film der Exorzist. Gib mir deine Hand, ich führe dich in die Dunkelheit", kicherte er.

Der Geschwätzige würde besser zu dir passen, dachte sie.

Sie ergriff seine ausgestreckte Hand und fühlte seine andere auf ihrem Hinterteil. Erst jetzt begriff sie, auf was das hinauslief.

Du wirst eine Erektion bekommen, nur anders als du es dir je erträumt hast, kicherte sie in Gedanken. Ihre Selbstsicherheit kehrte zurück. Gemeinsam liefen sie zu der Tür.

„Ladys first", heuchelte ihr heutiger Partner. Seine weißen Zähne leuchteten in der Nacht.

Unerwarteterweise gab es kein Geheimwort oder ähnliches. Die Tür öffnete sich, und sie trat ein. Hinter einem einfachen Holztisch standen zwei Männer, von denen einer so etwas wie ein Gebet aufsagte. Sie verstand kein Wort und unterdrückte im letzten Moment den Wunsch, ein lautes *Amen* auszusprechen.

Jemand zupfte an ihrer Kapuze.

„Sie ist neu. Tenebris, erweise uns die Ehre und erhalte das Zeichen unserer Bruderschaft", sagte ihr Begleiter.

Widerwillig zog sie die Kapuze ab.

„Wow, schöner als in meiner kühnsten Vorstellung", lächelte der Mann, der immer noch ihre Hand hielt.

Er wird mich nicht mehr loslassen, dachte sie und ließ das mit Asche aufgemalte, geflügelte Auge über sich ergehen. Schnell zog sie die Kapuze wieder über ihren Kopf.

„Schüchtern - wie süß."

Das Gelaber nervte sie langsam. Gemeinsam stellten sie sich bei der Reihe der Wartenden an. Die Bilder an der Wand ignorierend, wartete sie gespannt, wie es weitergehen würde.

Unüberhörbar quietschend öffnete sich ein Portal, durch das die Massen strömten.

Hades, ich komme. Dein schlimmster Albtraum wird wahr, dachte Melanie und setzte sich in Bewegung.

- — -

Balor parkte den Wagen in der Tiefgarage. Mit der Laptoptasche in der Hand betrat er den Flur. Vor dem Aufzug suchte er in seiner Hosentasche nach dem Aufzugschlüssel.

Fluchend lief er zurück zum Wagen, holte ihn aus dem Handschuhfach und betrat den Aufzug. Mit dem Schlüssel fuhr er ins oberste Stockwerk des Hochhauses.

„Showdown, Mike", zischte er und gab den Zahlencode in das Türschloss ein. Der Geruch von verbranntem Fleisch schlug ihm entgegen.

„Scheiße!", fluchte er und riss die Tür auf.

WEISUNG

Gabriele, froh, dass der Gottesdienst endlich vorüber war, stürzte aus der Kirche. Ein nie gekanntes Angstgefühl hatte ihn mitten in der Predigt erfasst. Viel schneller als gewöhnlich beendete er die Messe. Die fragenden Gesichter seiner Gemeinde würdigte er keines Blickes. Die offenstehende Eingangstür seiner Wohnung bestätigte die schlimmsten Befürchtungen.

„Scheiße!", fluchte er und drehte sich um. Seine beiden Messdiener standen mit offenem Mund hinter ihm.

„Entschuldigung, was macht ihr denn hier?", versuchte er die Situation zu retten.

„Sie waren so komisch heute, da haben wir uns Sorgen gemacht", stotterte einer der beiden. Gabriele lief zu der Bank, setzte sich und vergrub sein Gesicht in den Händen.

„Können wir irgendwie helfen?"

„Vielleicht, wartet hier", flüsterte er plötzlich und rannte ins Haus. Nach fünf Minuten kehrte er zurück.

„Habt ihr ein Handy?"

„Ja, klar."

„Zufällig meine Nummer gespeichert?"

„An erster Stelle, Herr Pfarrer - hier."

Gabriele schnappte danach, doch der Angesprochene zog es zurück. Fragend schaute er den Jungen an.

„Herr Pfarrer, wenn Ihr Handy gestohlen wurde ist es sinnvoller, nicht anzurufen."

„Und was schlägst du stattdessen vor?"

„Wir orten es."

„Orten?"

„Alter, das ist ganz einfach. Hier stelle ich die Nummer rein und schwupp sehen wir gleich, wo es sich befindet."

Eine Landkarte wurde auf dem Display angezeigt. Ein blinkender Punkt erschien. Die Karte vergrößerte sich und verharrte an der Markierung. Gabriele stöhnte und wusste sofort, wo sich sein Handy und wahrscheinlich auch Niobe befand. Tief durchatmend, schaltete er das Gerät ab und reichte es dem Jungen.

„Sollen wir die Polizei rufen?"

„Nein, ich weiß, dass sich jemand nur einen dummen Scherz mit mir erlaubt hat. Danke für eure Hilfe, im Namen des Vaters, des Sohnes und des Heiligen Geistes."

„Amen", antworteten die Jungs im Chor.

„Und jetzt ab nach Hause mit euch", verabschiedete er die beiden. Seine Anspannung wuchs, als er seine speziellen Utensilien aus dem Versteck holte. Den Talar überziehend, wechselte das Gefühl der Angst zur Vorfreude etwas Gutes zu tun, im Namen des Herrn. Nachdem er alles verstaut hatte, murmelte er ein kurzes Gebet, ergriff den Koffer und machte sich auf den Weg. Es war nicht weit.

- — -

Norman fand trotz der Dunkelheit schnell, wonach er suchte. Wie auf jedem großen Gottesacker war auch hier ein vorbereitetes Grab ausgehoben. Vorsichtig legte er die bewusstlose Niobe in das Erdloch. Den Klappspaten aus dem Wohnmobil steckte er in den Erdhaufen neben dem Grab. Norman hob seinen Kopf und hielt inne. Irgendetwas stimmte nicht, etwas war anders. Es dauerte, bis er die Veränderung lokalisierte: Die quälende Dauerflüsterei in seinem Kopf war verschwunden. Verwundert sah er sich um. Keine Menschenseele war zu sehen, nur der

Vollmond schien durch die Äste eines toten Baumes.

„Friedhof, du Idiot", maßregelte er sich selbst und schüttelte den Kopf.

„Mutter, ich hoffe, lebendig begraben ist angemessen", rief er in die Dunkelheit. Der Schrei einer Eule war die einzige Antwort. Beherzt griff er nach dem Spaten und füllte das Loch aus, peinlichst darauf bedacht, Niobes Kopf freizulassen. Zehn schweißtreibende Minuten später begutachtete er sein Werk. Zufrieden steckte er den Spaten in den kleineren Erdhügel und stellte sich breitbeinig über die verbliebene Öffnung der Grabstätte. Grinsend öffnete er seinen Reißverschluss und fingerte umständlich in der Hose herum. Grunzend zog er sein Glied heraus und pinkelte in das Loch, direkt in Niobes Gesicht, die prustend erwachte. Er ließ es sich nicht nehmen, seine Blase vollständig zu entleeren.

Niobe würgte alleine schon beim Geruch, ganz zu schweigen, was davon in ihrem Mund landete. Spuckend, begriff sie ihre Bewegungsunfähigkeit. Mit weit aufgerissenen Augen starrte sie durch eine Wand aus Erde um ihren Kopf, gegen den schwarzen sternenklaren Nachthimmel. Panik überkam sie. Urin lief in ihr linkes Ohr. Schreiend versuchte sie, ihren Kopf anzuheben, vergebens. Normans dämlich grinsendes Gesicht erschien über dem Loch.

„Mama hat gesagt, du sollst leiden, bevor du stirbst", lachte er.

„Du Idiot, nicht deine Mutter spricht zu dir. Sie benutzen dich nur!", schrie sie und spannte jeden Muskel ihres Körpers an, ließ sie erschlaffen und wiederholte den Prozess. Vielleicht zahlte sich das jahrelange Krafttraining aus, das sie in ihrer Jugend betrieb. Eine Ladung Erde bedeckte ihr Gesicht.

„Ein Löffelchen für Mama...", lachte Norman und warf eine weitere Handvoll Erde auf sie. Niobe spuckte sie aus und verdreifachte ihre Anstrengung. Durch ihre Bewegungen rutschte ihr lebensrettendes Loch langsam aber sicher in sich zusammen. Das höhnische Lachen ihres Peinigers war das Letzte, was sie hörte, als der Schacht über ihrem Gesicht in sich zusammenfiel.

- — -

Melanie sah sich um und schätzte, dass sich mindestens fünfzig Menschen im Halbkreis um eine Empore, auf der ein Altar stand, versammelten. In der letzten Reihe wartend, vergrub sie ihre Hände in den Manteltaschen. Die Kühle der Spraydosen, die sie umklammerte, gaben ihr Sicherheit. Ihr Begleiter war so rücksichtsvoll, sie nicht in die Begrüßung seiner Brüder mit einzubinden. Sie zuckte zusammen, als ein Gong geschlagen wurde. Die Menge kniete nieder und legte ihre Köpfe zwischen die Oberschenkel. Ein Summen schwoll an zu einem Klagelied, zumindest kam es Melanie so vor. Sie hielt ihren Kopf etwas höher und erschrak, als eine Hand sanft über ihre Haare strich.

„Hallo, Brüder und Schwestern, seid willkommen", sagte die Stimme hinter ihr.

Melanie hielt ihren Kopf oben und schaute dem Mann nach, der an ihr durch die Menschenlücke vorbeilief. Er trug einen schwarzen, mit Blut befleckten Mantel und laberte sein Willkommensgebet.

Das ist es, überlegte Melanie. Im Aufstehen zog sie die beiden Dosen heraus und drückte die Sprühköpfe. Langsam schlich sie hinter ihm her, bis er den Altar erreichte und sich umdrehte. Grinsend ignorierte sie ihre schmerzenden Finger und warf die leeren Dosen zu Boden. Fragend starrte er sie an. Melanie griff zur Kapuze und zog sie herunter. Der Mann stöhnte, schaute auf die Behälter am Boden und rannte schreiend davon. Ein verständnisloses Raunen erfüllte den Raum. Melanie setzte sich auf den Rand der Empore und griff nach der Glasflasche.

„Was hast du getan?", fragte ihr Begleiter, der plötzlich vor ihr stand.

„Euch erlöst. Sehr bald werdet ihr eurem Satan begegnen, aber vorher wird es richtig blutig", lächelte Melanie.

„Du siehst zufrieden aus."

„Das bin ich, und erlöst. Und vor allem bekommt keiner Mystic", erwiderte sie und hob ihm die geöffnete Flasche entgegen.

„Danke", antwortete er und trank die Hälfte der klaren Flüssigkeit. Melanie schluckte den Rest und warf die leere Flasche hinter sich.

„Kennst du den untersten Teil der Maslowschen Bedürfnispyramide?"

„Du meinst die erste Stufe der Evolutionsleiter?"

„Respekt, hätte ich dir nicht zugetraut."

„Fortpflanzung und Nahrung, wenn ich mich nicht irre."

„Genau in der Reihenfolge", grinste Melanie und spürte ihre hart werdenden Brustwarzen. Feuchtigkeit breitete sich in ihrem Schritt aus und entlockte ihrer Kehle ein lustvolles Stöhnen. Ein erigiertes Glied wedelte vor ihrer Nase herum. Kichernd griff sie danach, steckte es in den Mund und biss es ab. Mit geschlossenen Augen genoss sie kauend die warme Blutfontäne in ihrem Gesicht. Ihr Verstand brüllte sie an, damit aufzuhören – zwecklos. Um sie herum stöhnte und schmatzte es immer lauter. Die Blutlache auf dem Boden vergrößerte sich in einem rasenden Tempo. Melanies letzter Funke Verstand sah, wie sich vier blutüberströmte Männer mit Fäkalien bewarfen, bevor sie übereinander herfielen und sich gegenseitig zerfleischten.

Was für ein mieser Zombiefilm, überlegte Melanie und spürte die Zähne, die sich in ihren Hals bohrten. Ihr Begleiter riss ein Fleischstück, inklusive der Halsschlagader heraus und schmatzte darauf herum. Melanie hob ihre Hand und spielte mit der Blutfontäne, bis sie bemerkte, dass ihr zwei

Finger fehlten, die in ihrem Mund steckten. Lachend dachte sie an den Film „das große Fressen". Langsam kippte sie um und schloss ihre Augen für immer. Lautes Schmatzen konkurrierte mit Rülpsen und Furzen, bis die allgemeine Geräuschkulisse in ein Wimmern und Stöhnen überging und dann verstummte.

Ein fliegendes Auge saß auf der Halterung eines Luftkanals und beobachtete das blutige Treiben, bis einer der Feuerkelche umfiel und alles in Brand setzte. Anmutig spreizte es seine Flügel, überflog den Berg der Leichenteile und verschwand in einem Schacht.

BEGEGNUNG

Gabriele drückte das Eisengittertor zur Seite und betrat den Friedhof. Lange Schatten vereinten sich mit der gruseligen Dunkelheit, die ihn umgab. Tief luftholend unterdrückte er die aufkommende Gänsehaut und schaute sich um. Zu seiner Linken bewegte sich einer der Schatten.

„Herr, sei mit mir", flüsterte er. Seinen Koffer in der einen und das Kreuz fest umklammernd in der anderen Hand, beschleunigte er seine Schritte. Das Knirschen des Kieses verriet seine Ankunft, bevor er sein Ziel erreichte.

Verwundert blieb er stehen und wartete, bis Norman sich vollständig umdrehte. Wortlos starrten sich die beiden ungleichen Männer an, bis Gabriele auffiel, dass das Wesen keine Aura besaß.

Der Teufel persönlich, überlegte er. Seine Nackenhaare stellten sich auf, während er nach dem Flakon mit Weihwasser griff.

„Dämon, hinfort mit dir", krächzte er mehr, als dass er schrie, und hielt ihm das Kreuz entgegen.

„Oh, der Herr Pfarrer persönlich, will sein Liebchen retten", lachte Norman und schob mit dem Fuß Erde in das Loch vor ihm. Blitzartig begriff Gabriele, wo und in welcher Lage sich Niobe befand. Schreiend stürzte er sich auf Norman, der mit gezogenem Messer laut lachend auf ihn wartete. Geschickt wich Gabriele dem Messerhieb aus und drückte sein Kreuz auf Normans Wangen. Der erwartete Effekt blieb aus. Kein Einbrennen oder demütige Schreie waren zu hören.

„Ein Dämonenjäger", höhnte Norman und holte zu einer weiteren Attacke aus. Am Oberarm verletzt, schrie Gabriele auf und sah bestürzt, wie das Kreuz zu Boden fiel. Zitternd öffnete er hinter seinem Rücken den Verschluss des Fläschchens und wartete auf den nächsten Angriff. Die Erde unter ihm bewegte sich, er ließ sich davon nicht beirren.

„Was führst du im Schilde, Pfaffe?"

In diesem Moment wurde Gabriele bewusst, dass es sich um Norman handelte. Mit neuem Mut sprintete er auf seinen Gegner zu, kippte das Weihwasser in das Gesicht, schlug gegen den Messerarm und warf sich zur Seite. Das Messer flog haarscharf an seinem Kopf vorbei und verschwand in der Dunkelheit. Blitzschnell hechtete er in die Höhe und griff zur Gürteltasche unterm Talar. In der einen den Kletterhaken, in der anderen den Hammer, warf er sich auf Norman, der fluchend nach seinem verlorenen Messer suchte. Eng umschlungen rollten die beiden den Erdhügel herunter. Gabriele rammte seine Ferse in den Boden und landete nach der letzten Drehung auf Norman. Blitzschnell drückte er sein Knie auf dessen Arm, setzte den Haken an und nagelte ihn mit drei Schlägen am Boden fest. Norman stierte verwundert auf seine durchlöcherte Hand.

„Damit hast du nicht gerechnet", keuchte Gabriele siegessicher, verlagerte sein Gewicht und griff nach dem zweiten Haken. Norman, Schmerzen gewohnt, wusste damit umzugehen. Hechelnd verbannte er das brennende Gefühl und riss seine Knie in die Höhe, direkt in den Rücken des Angreifers. Benommen rollte Gabriele zur Seite. Hustend vertrieb er die schwarzen Punkte, eine Ohnmacht käme seinem Tode gleich. Norman starrte auf den Haken in seiner Hand. Fluchend riss er ihn heraus und warf ihn im hohen Bogen davon. Wütend erhob er sich und sah auf Gabriele, der neben ihm lag und weiter mit der Ohnmacht kämpfte. Grinsend erhob er sich, sah sein Messer und griff danach.

„Das war's, Mann Gottes", höhnte er und warf sich auf ihn. Mit voller Wucht landete er auf Gabriele, drückte mit den Oberschenkeln seine Beine und mit den Knien seine Arme in den Boden. Der Wahnsinn in Normans Augen war nicht zu übersehen.

„Herr, hilf mir", flehte Gabriele, als er sich seiner aussichtslosen Lage bewusst wurde. Sabbernd hob Norman den Arm, die im Mondlicht glitzernde Klinge raste auf Gabrieles Kopf zu.

- — -

„Melanie bei der Versammlung – Scheiße!", fluchte Balor und legte auf.
Alles läuft aus dem Ruder, dachte er, riss die Tür auf, starrte auf Mike und die Wunde an seinem Hinterkopf.

„Du Arschloch", schüttelte Balor den Kopf. Blind vor Wut schlug er gegen den Türrahmen.

Mike versuchte, die Augen zu öffnen, es blieb bei einem Versuch.

Lebe ich noch, oder flucht der Teufel hinter mir?, wanderten die Gedanken träge durch sein benebeltes Gehirn.

„Das sieht übel aus". Wieder diese Stimme, die ihm bekannt vorkam. Langsam lichtete sich der Nebel und ein Stöhnen drang aus seiner Kehle. Jemand betatschte seinen Hinterkopf. Als sich zwei Finger in die Wunde bohrten, schrie er auf und wurde gegen die Tastatur gedrückt.

„Da haben wir ihn. Und wie vermutet - am Arsch", sagte jemand hinter ihm. Der Druck verschwand, der Nebel nicht. Vorsichtig drehte er den Kopf zur Seite und starrte auf einen blutverschmierten Chip.

„Lebst du wirklich noch, du undankbares Arschloch?"

Wo bin ich und warum? Und dieser Jemand…, ratterten seine Gedanken wie ein Güterzug durch die Gehirnwindungen. Die Lösung war zum Greifen nah. Das Bild eines Mannes trat vor seine inneren Augen und verschwand wieder. Stöhnend stemmte er seinen Kopf in die Höhe. Dem einsetzenden Brechreiz hatte er nichts entgegenzusetzen. Immerhin verhinderte der Gestank den Wunsch, seinen Kopf wieder auf der Tastatur abzulegen.

„Wer oder was bist du?", stammelte er und spannte seine Oberarme an.

„Fehlende Erinnerung?", lachte der Mann hinter ihm.

Mike stemmte sich langsam in die Höhe. Beim Versuch sich umzudrehen, kamen der Schwindel und der Brechreiz zurück.

„Galle schmerzt."

Ich bin mir sicher, diese Stimme kenne ich, überlegte er. Langsam wurde alles klarer, und die ersten Erinnerungsfetzen kamen zurück.

Brutal wurde sein Rollstuhl herumgerissen. Das einsetzende Würgen half nicht wirklich, sein Magen und die Galle hatten nichts mehr zu bieten. Wie in Zeitlupe setzten sich die Puzzleteile in seinem Kopf zusammen. Das Brennen der Wunde und höllische Kopfschmerzen erschwerten den Versuch.

„Mann, ich habe nicht ewig Zeit!", brüllte eine Stimme direkt vor seinem Gesicht.

Mit einem Aufschrei riss Mike den Kopf in die Höhe und wurde vollends in die Wirklichkeit zurückgeholt. Eine Ohrfeige warf ihn zur Seite. Kleine Fleischstücke fielen aus seiner Wunde, die wieder zu bluten anfing. Er versuchte, den Nebel endgültig abzuschütteln, als die Stimme erklang.

„Ist das der Dank?"

„Für was?", stöhnte Mike und versuchte, sein Haupt anzuheben. Eine Hand legte sich auf seinen Kopf, griff in die Haare und riss ihn in die Höhe.

„Erkennst du nicht einmal deinen Lebensretter?"

„Paul?", stammelte er ungläubig und blickte seinem Gegenüber direkt in die Augen.

„Paul war ich früher, jetzt nennen mich alle Balor. Willkommen in der Wirklichkeit", grinste das bekannte Gesicht vor seinen immer noch trüben Augen.

„Steckst du hinter alldem?", stammelte er und versuchte, endlich wach zu werden und die bohrenden Kopfschmerzen zu ignorieren. Das Puzzle war noch nicht vollendet.

„Wer sonst ist in der Lage dich zu retten, du Trottel?", erwiderte Paul.

„Wie... retten?"

„Erinnerst du dich nicht mehr? Du hast versucht anzurufen, aber gleich wieder aufgelegt. Zuerst habe ich mich gewundert, dann Sorgen gemacht und dein Handy geortet. Leider kam ich etwas zu spät zur Unfallstelle."

„Du hast was?"

„Dir das Leben gerettet, du Idiot. Ich habe den Krankenwagen angerufen, nachdem ich erste Hilfe geleistet hatte."

„Aber..., wie..., was...?", stotterte Mike.

„Mir hast du auch den Job hier zu verdanken. Kumpel, ich wollte dir wieder das Laufen ermöglichen."

„Dann ist..."

„Das, was dir diese dämliche Fotze geschickt hat, nicht wahr, mein Freund."

„Aber es..."

„...klang glaubwürdig. Gerade du müsstest doch wissen, wie man Videos manipuliert."

„Aber warum sollte...?"

„…sie so etwas tun? Weil sie mit ihrer Sekte Zugriff auf unser Projekt wollte. Sie ist der Dämon, Mike. Sie allein."

„Sorry, Paul. Ich konnte ja nicht wissen…"

„Du Arsch hast unser Vorhaben um Jahre nach hinten geworfen.

Hier, wisch dir mal deine Fresse ab", brummte Paul und reichte ihm ein Taschentuch.

„Tut mir leid, ich werde euch natürlich helfen", stammelte Mike.

HOFFNUNG

Sie konnte nicht anders und öffnete ihren Mund, um Luft zu holen. Niobe versuchte die Erdklumpen mit der Zunge zur Seite zu schieben, und tatsächlich gelangte etwas Sauerstoff in ihre Lungen. Motiviert vom Erfolg, arbeitete sie weiter mit ihrer Muskelkraft. Immer größer wurde ihr Spielraum, bis endlich ihr linker Arm die Erdschicht durchdrang. Hektisch schaufelte sie ihren Kopf mit der Hilfe ihres zweiten befreiten Armes frei. Nach Luft japsend, setzte sie sich aufrecht hin und kotzte die Erde aus.

Wo ist Norman?, fragte sie sich und lauschte, nachdem sich ihr Atem normalisierte. Mit den Fingern befreite sie ihre Ohren von der Erde, um besser zu hören. Die seltsamen Geräusche konnte sie trotzdem nicht deuten.

Ich muss etwas tun, bevor er zurückkommt, überlegte sie und sah den Spaten, der im Erdhügel steckte. Langsam streckte sie ihre immer noch zitternde Hand aus dem Loch in Richtung des Werkzeuges.

Weib, reiß dich zusammen!, schrie sie innerlich und schnappte nach dem Griff.

Scheiße, zu fest!, fluchte sie und nahm die zweite Hand zu Hilfe. Umständlich schaffte sie es und hielt den Klappspaten in ihren Händen.

Stimmen, waren das Stimmen?, lauschte sie und wartete, bis das Zittern endlich aufhörte. Leise drehte sie sich zur Seite auf die Knie und schaute über den Rand.

Ist das der Pater?, mutmaßte sie in der Dunkelheit, bis sie seine Stimme erkannte. Jetzt gab es kein Halten mehr. Mit aller noch zur Verfügung stehenden Kraft erhob sie sich und wankte auf die beiden kämpfenden Männer zu.

„Nimm das, du Schwein!", schrie sie, holte aus und schlug mit der Kante des Spatens gegen Normans Hals. Das Messer fiel ihm aus der Hand und bohrte sich in den Boden, nachdem es Gabrieles Oberarm verletzte.

Alle schrien, einer aus Frust und Überraschung, der andere vor Schmerzen und eine vor Wut. Norman kippte zur Seite und starrte überrascht zu Niobe, die mit erhobenem Spaten über ihm stand.

„Na, du Drecksau, jetzt bin ich am Zug, nimm das!", kreischte sie, dem Wahnsinn nahe, und trennte mit drei gezielten Schlägen Normans Kopf ab.

Eine Hand legte sich auf ihre Schulter.

„Es ist vorbei, Niobe", sagte Gabriele und nahm ihr den Spaten ab. Schluchzend lehnte sie ihren Kopf an seine Brust. Mit zusammengebissenen Zähnen ertrug er den Schmerz seiner Wunde und wartete, bis sie sich beruhigte.

„Das Schwein wollte mich lebendig begraben", stammelte sie ununterbrochen. Gabriele streichelte sie sanft und flüsterte: „Es ist ja vorbei."

„Was war das?", fragte Gabriele plötzlich und lauschte.

Niobe ließ ihn los und wischte ihre Tränen ab.

„Hörst du das auch?", fragte Gabriele.

„Ja, ein Vogel?"

„Da oben..."

„Aber das gibt es doch nicht", stöhnte Niobe.

„Ist das ein Auge mit Flügeln?", fragte Gabriele.

„Es gibt diesen Dämon wirklich."

„Ein Dämon?"

„Ein Gotongie, auch das fliegende Auge genannt. Das Wahrzeichen der Firma", erwiderte Niobe, immer noch geschockt vom Anblick.

Ein Stöhnen erklang.

„Was?", schrie Niobe und starrte auf Normans Schädel, der vor ihren Füßen am Boden lag.

„Wie…, wie ist das möglich?", stotterte sie und trat einen Schritt zurück.

Normans Augen blinzelten, seine Lippen verformten sich vom lautlosen Schrei zu einem breiten Grinsen.

„Es ist doch noch nicht vorbei", drang eine tiefe, angsteinflößende Stimme aus seinem Mund.

„Arschloch", zischte sie und gab dem Kopf einen Fußtritt. Eine schleimige Blutspur hinterlassend, kam er an einem Grabstein zum Stillstand.

„Ich habe es Mutter versprochen!", schrie er, gefolgt von hämischem Lachen.

Es raschelte hinter ihnen. Blitzschnell drehten sie sich um – zu spät! Normans kopfloser Körper stieß den überraschten Gabriele zur Seite und warf sich auf Niobe.

Beide verschwanden in dem Grab, aus dem sie sich gerade befreit hatte. Norman lag auf Niobe, die sich schreiend zur Wehr setzte. Mit brachialer Gewalt wurde sie immer tiefer in die Erde gedrückt. Blut und Schleim aus dem Hals des Körpers liefen in ihr Gesicht. Langsam ließen ihre Kräfte nach.

Gabriele stand auf und schüttelte die Überraschung ab. Ein zaghaftes Stöhnen erfüllte die Luft des Friedhofes. Das Geräusch schwoll an. Gabriele griff nach dem Kreuz um seinen Hals – es war nicht an seinem Platz.

„Herr, wie ist das möglich?", flüsterte er und sah auf die sich öffnenden Gräber. Hände, dann Arme, traten aus der Erde und stießen die Blumenschalen zur Seite. Starr beobachtete er das Schauspiel. Immer mehr halbverweste Gestalten schälten sich aus dem Erdreich und wankten auf ihn zu. Das kollektive Stöhnen wurde begleitet vom teuflischen Lachen aus Normans abgetrenntem Schädel.

- — -

„Junge, wir waren mal die besten Freunde, weißt du noch damals auf dem Campus? Wir wollten die Welt verändern. Du und ich, das Dream-Team", lamentierte Paul.

Mikes Erinnerung kehrte mit einem gewaltigen Schlag zurück.

Niobes Informationen zum Unfall vervollständigten endgültig das Puzzle in seinem Gedächtnis. Dieser Erkenntnis geschuldet, stöhnte er und hielt sich den Kopf.

„Ist was, Alter?", fragte Paul argwöhnisch.

„Nichts, ich erinnere mich auch daran. Waren gute Zeiten", stammelte Mike und versuchte, seine Gedanken zu fokussieren.

„Was ist nur aus uns geworden?"

„Ja, das frage ich mich auch", erwiderte Mike und sah sich nach einer Waffe um.

„Paul oder Balor, gibst du mir bitte etwas Wasser?"

„Ja, warte", erwiderte der Angesprochene und lief in die Küche.

Mike drehte sich um. Ein schwarzer Monitor mit blinkendem Prompt ließ ihn schmunzeln.

Kein Kurzschluss, endlich mal Glück, dachte er und starrte auf die blutverschmierte Tastatur. Nach einem kurzen Zögern tippte er so lautlos wie möglich Befehle ein und schaltete den Monitor aus. Gerade rechtzeitig drehte er den Rollstuhl in eine andere Position.

„Ah, Dankeschön, das wird mir guttun", sagte er und nahm die Flasche, die ihm Paul hinhielt.

„Wir müssen uns um deine Wunde kümmern."

„Ist Doktor Caligari nicht in der Nähe?"

„Der ist auf einer Geschäftsreise", erwiderte Paul und sah die Leiche vor seinen Augen.

„Du grinst?"

„Ja, musste gerade an etwas von früher denken. An die kleine Schwarzhaarige", log Paul und beugte sich über Mike, um nach der Wunde zu sehen. Darauf hatte Mike gewartet und rammte sein Knie in Pauls Kronjuwelen.

„Niobe hat mir alles mitgeteilt. Auch, dass du dafür gesorgt hast, dass ich an den Rollstuhl gefesselt bin und ohne den Chip laufen kann", schrie er und erhob sich. Mit zitternden Beinen holte er aus und schlug die Faust in Pauls schmerzverzerrtes Gesicht.

Taumelnd fiel der Getroffene zu Boden. Mike konnte sich nicht mehr auf den Beinen halten und landete neben ihm. Er nutzte die Situation und setzte sich auf Paul.

„Es gab keinen Unfall. Du hast mich am Straßenrand sturzbesoffen aufgegabelt und für deine teuflischen Zwecke missbraucht, du Schwein!", schrie er und schlug erneut zu.

Dieses Mal war Paul darauf vorbereitet, fing den Schlag ab und haute seine Faust in Mikes Gesicht. Das Brechen der Nase war laut und deutlich zu hören. Stöhnend rollte Mike zur Seite und knallte mit dem Kopf auf den Boden. Verzweifelt versuchte er, der drohenden Ohnmacht zu entkommen, als ihm ein Tritt in die Niere die Luft raubte. Blitzartig zog er seinen Körper zusammen.

„Arschloch, das war deine letzte Chance", fluchte Paul, mit beiden Händen im Schritt.

Mike spuckte das Blut aus und öffnete die verschleierten Augen. Sein Rollstuhl stand direkt neben ihm. Ohne auf Paul zu achten, ging er in die Knie, griff nach dem Stuhl und hechtete hinein. Paul stand ihm gegenüber und glotzte überrascht, als der Stuhl auf ihn zurollte und ihn zu Boden warf. Mike drehte sich geschickt und positionierte ein Rad über den Unterarm von Paul, stieß seine Füße ab und warf sich zurück auf den Sitz. Befriedigt hörte er das Knacken des brechenden

Knochens und den folgenden Schmerzensschrei. Paul trat gegen das Rad, fluchte und rollte sich unter das Bett.

Mikes Schädel drohte zu zerplatzen, seine Beine zitterten, wie der restliche halbtote Körper.

Aufgeben ist keine Option, motivierte er sich und sah auf Paul, der sich auf der gegenüberliegenden Seite des Bettes in die Höhe stemmte. Wankend, ein Arm leblos herunterhängend, griff er mit dem anderen hinter sich.

„Okay, dann die harte Tour, Ex-Kumpel", zischte Paul und zog ein Messer.

Hilflos sah sich Mike nach einer Waffe um – vergeblich. Der Ohnmacht näher als einem Kampf auf Leben und Tod, rollte er rückwärts, bis er an den Schreibtisch stieß.

Hilflos sah er Paul breit grinsend auf sich zukommen.

„Bevor du stirbst, verrate ich dir ein Geheimnis. Die Liste, Mike. Die Liste, das ist das Wichtige. Deine Programmierung bekomme ich mit dem letzten Update selbst hin."

„Was ist mit Tenebris?"

„Neugierig?", lachte Paul und kam näher.

„Die aufgelisteten Personen haben den neuesten Chip über eine harmlose Impfung bekommen. Das Wunderteil findet den Weg zum Gehirn von selbst, verbindet sich mit dem Neuronen-Netz und wartet auf die Aktivierung, ohne dass der Proband etwas bemerkt. Ja, jetzt schaust du ungläubig."

„Und ich war der ursprüngliche Schlüssel zur Steuerung der dann willenlosen Lebewesen."

„Schlaues Kerlchen. Aber all dein neues Wissen wirst du mit ins Grab nehmen. Übrigens Niobe auch nicht, denn sie ist entweder schon tot oder ich werde sie persönlich über ihren Chip sich selbst töten lassen."

„Ihr seid verrückt", stammelte Mike und sah hilflos auf das Messer, das blitzschnell auf ihn zu raste.

- — -

Ein Blitz erhellte die skurrile Umgebung. Gabriel erkannte seine Tasche, keine fünf Meter vor ihm, im selben Moment hörte er Niobes gurgelnde Laute aus dem Erdloch in der anderen Richtung.

„Scheiße!", fluchte er und rannte los. Am Rand des Grabes sah er den kopflosen Körper auf Niobe liegen, die im Erdreich versank. Er beugte sich herunter, griff nach Normans Gürtel und zerrte daran.

„Herr, gib mir die Kraft!", schrie er in die Nacht der lebenden Toten – vergeblich. Niobe versank immer schneller im Erdreich.

„Er ist zu schwer", jammerte Gabriele und zog mit aller Kraft, bis der Gürtel und die Hose zerrissen. Fassungslos sah er die beiden Körper immer tiefer sinken. Die schwarze Aura um Norman war selbst in der Dunkelheit zu sehen. Die Erkenntnis kam unerwartet, aber heftig. Gabriele sprang in die Höhe und drehte den Kopf zu seiner Tasche. Drei Untote passierten die einzige Hoffnung, die noch blieb.

„Herr, steh mir bei", flüsterte er entschlossen, riss das Holzkreuz aus dem Erdhügel und rannte los. Mit einem Schlag brachte er den ersten Toten ins Wanken, der zweite schnappte nach seinem Arm. Gabriele tauchte unten durch, griff seine Tasche und wirbelte herum. Ein weiterer Schlag mit dem Kreuz endete anders als erhofft. Das

Holzstück bohrte sich in den verwesten Körper und blieb stecken.

„Mist!", fluchte Gabriele und wich den wedelnden Armen aus. Ein Stoß in den Rücken brachte ihn zu Fall.

Niobe stieß einen entsetzlichen Schrei aus und verstummte.

- — -

Mike verlagerte blitzschnell seinen Oberkörper, griff zur Tastatur und schlug zu. Das Messer prallte auf die Kante des Schreibtischs und landete auf dem Boden. Fluchend legte Paul seine Hände um Mikes Hals und drückte zu. Mike boxte reflexartig seinem Gegner in den Bauch, bis er den Solarplexus traf. Nach Luft japsend, ließ Paul los.

„Sabine, fünf Schritte vorwärts!", schrie Mike und hoffte, dass es funktionierte. Lange würde er nicht mehr durchhalten.

Das Exo-Skelett setzte sich in Bewegung und prallte auf den überraschten Paul, der das Gleichgewicht verlor und zur Seite kippte.

„Danke", flüsterte Mike, verlagerte sein Gewicht und warf sich auf Paul, der reflexartig die Knie anzog. Zu spät, um den

Sprung abzubremsen, landeten die Kniegelenke in Mikes Unterleib. Beide Männer lagen erschöpft und schwer atmend nebeneinander auf dem Rücken.

Nachdem Paul das Messer direkt neben sich sah, kehrten seine Lebensgeister schneller zurück. Siegessicher griff er danach, drehte sich um und stach zu.

- — -

„Jetzt reicht es!", schrie Gabriele seinen Frust heraus, schüttelte die Hand an seinem Fuß ab, stieß die beiden Zombies zur Seite und rannte mit dem Koffer zu Niobe. Auf den Knien riss er den Deckel auf, entnahm eine Flasche Weihwasser und kippte sie über Norman. Mit der anderen Hand schnappte er das große goldene Kreuz und hielt es hinter sich, ohne sich umzudrehen. Schlagartig verstummte das Lachen, und das Stöhnen wechselte in ein Wimmern.

„Los, los!", schrie Gabriele. Zufrieden sah er, wie sich die schwarze Aura von Normans kopflosem Körper trennte.

„Was…?", stammelte er, als sie direkt auf ihn zuflog. Blitzschnell riss er das Kreuz vor sein Gesicht und hörte erleichtert den wütenden

Schrei des Dämons. Die Aura stieg in die Höhe und verschwand zwischen den Ästen der Linde.

Niobe, fiel ihm plötzlich ein. Er legte das Kreuz zur Seite und griff in das Erdloch. Mühelos zog er Norman an den Füßen heraus. Erschrocken sah er auf die feuchte Erde, von Niobe keine Spur.

„Nein, das darf nicht sein!", schrie er und sprang in das Loch. Mit beiden Händen schaufelte er die Erde zur Seite. Das lauter werdende Stöhnen über ihm hörte er nicht. Seine Gedanken waren bei der Frau, der er Beistand versprochen hatte. Endlich sah er ihren Kopf. Immer schneller grub er mit blutigen Fingern. Leblose Augen starrten ihn an. Weinend hämmerte er die Fäuste auf ihre Brust.

„Nein, nein!", schrie er ununterbrochen. Tränen liefen über sein Gesicht. Plötzlich öffnete Niobe ihren Mund und spuckte einen Erdklumpen heraus.

„Danke, Herr", jubelte Gabriele.

Eine Hand legte sich auf seine verletzte Schulter und drückte zu, gleichzeitig wurde es dunkler.

Die Untoten, dachte er und erschauerte. Einer Ohnmacht nah sah er, wie sich Niobes Augen öffneten.

Alles umsonst, waren seine letzten Gedanken. Die Untoten zogen seinen Körper aus dem Loch und warfen ihn zu Boden.

Niobe glaubte nicht, was sie da sah, und wähnte sich stattdessen in der Hölle. Zwei Sekunden später handelte sie geistesgegenwärtig. Mit aller Kraft stemmte sie sich aus der Erde, schnappte das goldene Kreuz, das neben ihr lag und erhob sich. Der Vollmond erleuchtete die Umgebung und trotzdem war sie nicht in der Lage zu begreifen, was sie sah. Aber sie handelte instinktiv. Das Kreuz vor sich haltend, lief sie auf Gabrieles Körper zu, der, von den Untoten umringt, am Boden lag.

„Weg mit euch!", schrie sie und drückte das Kreuz auf den Rücken eines Zombies. Ein Zischen erklang, kleine Flammen bildeten sich und Rauch stieg auf. Ein albtraumhafter Schrei trat aus der Kehle des Getroffenen. Taumelnd entfernte er sich.

Niobe drehte sich mehrmals im Kreis, bis alle Leblosen sich zurückzogen. Zufrieden grinsend wandte sie sich Normans Kopf zu, der neben ihrem Fuß lag. Angsterfüllte Augen starrten sie an.

„Tu es nicht", jammerte er.

„Arschloch!", brüllte sie und steckte das Ende des Kreuzes in seinen Mund. Blaue Flammen loderten, erfassten die Lippen, die Nase und letztlich die Haare. Der Todesschrei dauerte nicht lange, er endete, als die Augen zerplatzten.

„Habt ihr es gesehen?", schrie sie und sah die abwartende Meute, die sie umkreist hatte, kämpferisch an.

„So werdet auch ihr enden", rief sie und zerschmetterte den glimmenden Schädel mit einem Fußtritt. Das Kreuz über ihrem Kopf haltend, widmete sie sich Gabriele, der langsam zu sich kam.

„Was…? Niobe, Gott sei Dank", stammelte er.

Sie reichte ihm die Hand und sagte: „Wir müssen von hier verschwinden, sofort."

Gabriele nickte und erhob sich. Wankend sah er sich um und zeigte in eine Richtung.

„Da ist der Ausgang."

„Alles klar, hast du noch etwas zu bieten, um die Meute loszuwerden?"

„Ja, in der Tasche ist ein weiteres Kreuz und zwei Flakons mit Weihwasser."

„Warte hier", sagte Niobe und kehrte mit den Utensilien zurück.

Den Unmut der lebenden Toten spürend, setzten sie sich langsam in Bewegung. Widerwillig gaben diese den Weg frei, nachdem Gabriele mit Weihwasser nachhalf.

„Wir müssen zu Mike", flüsterte sie. Wankend erreichten sie den Ausgang des Friedhofes. Normans Wohnmobil stand direkt davor, der Schlüssel steckte.

„Sie folgen uns nicht", flüsterte Niobe erleichtert und suchte den Erste Hilfekasten. Nachdem sie die Erdklumpen aus seiner Wunde entfernt hatte, sagte sie: „Ich empfehle ein Stoßgebet, Herr Pfarrer", und kippte das Desinfektionsmittel in die Wunde. „Scheiße!", fluchte Gabriele, biss die Zähne zusammen und bekreuzigte sich. Nach dem Verarzten setzte sich Niobe hinters Lenkrad und trat das Gaspedal durch.

Auf der Friedhofsmauer saß ein Gotongie, der alles beobachtet hatte. Das Auge spreizte seine kleinen schwarzen Flügel und erhob sich anmutig in die Luft. Gegen das

Mondlicht fliegend, verschmolz es mit der Finsternis der Nacht.

- — -

Mike sammelte seine letzten Kraftreserven und trat gegen Sabine, die direkt neben ihm stand. Das Exo-Skelett wankte, fiel und schlug mit seinen fünfundzwanzig Kilo auf Pauls Arm. Das Messer schnellte in die Höhe. Beide Männer sahen, wie sich die Klinge drehte, herabfiel und sich in Pauls Brust bohrte. Ein Stöhnen trat aus seiner Kehle, dann schloss er die Augen für immer.

Mike stemmte Sabine zur Seite und fühlte nach Pauls Puls. Erleichtert, keinen mehr zu spüren, lehnte er sich gegen die Wand. Die körperliche Anstrengung verdrängte das Adrenalin aus seinen Blutbahnen. Vor Erschöpfung schloss er die Augen und schlief ein.

- — -

Hinter dem Lüftungsgitter setzte sich ein Gotongie in Bewegung und verschwand durch den Schacht.

In einer spärlich beleuchteten Halle schwebte er vor seinem Beschwörer und übermittelte die letzten Bilder aus Mikes Gefängnis.

„Unfähigkeit umgibt mich!", schrie der Fürst. Nachdem er sich beruhigt hatte, zog er sich in eine kleine Kammer zurück.

„Noch haben wir nicht verloren", flüsterte er und setzte sich im Schneidersitz auf das blutrote Kissen auf dem Boden. Ein Gebet murmelnd, entzündete er die fünf in einem Pentagramm angeordneten schwarzen Kerzen. Tief luftholend schloss er die Augen, faltete die Hände und nahm Kontakt mit der Finsternis auf.

EXITUS

„Wie kommen wir rein?", fragte Gabriele.

Ohne zu antworten, klatschte Niobe ihre flache Hand auf alle Klingelknöpfe gleichzeitig.

„Okay", grinste Gabriele und öffnete die Eingangstür.

„Wohin?"

Ohne zu zögern drückte Niobe auf den obersten Knopf.

Schweigend warteten sie, bis sich die Aufzugstür öffnete.

„Komisch", meinte Niobe.

„Nur Wohnungen."

„Noch ein Stockwerk?", erwiderte Niobe.

„Treppenhaus", antwortete Gabriele und hielt die Tür auf.

„So, höher geht es nicht."

„Nur eine Tür mit einem Zahlencode. Mist!"

„Kein Problem", erwiderte Niobe und gab den Code ein.

„Was…?"

„Gabriele, Information ist alles", grinste Niobe und trat zur Seite.

- — -

Mike hörte Stimmen. Ein kurzes Schütteln -
und seine Lebensgeister kehrten zurück.

„Sie holen mich", flüsterte er und schaute
sich nach einem Versteck um.

Mit beiden Händen riss er das Messer aus
Pauls Brust, robbte zum Warenaufzug und
schob die Tür auf.

Lasst mich nicht im Stich, rief er in Gedanken
seinen Beinen zu, stemmte sich in die Höhe
und quetschte sich auf die warmen Trümmer
des zerstörten Laptops, in den kleinen
Aufzug. Die Eingangstür öffnete sich im
selben Moment, als er die Schiebetür so
lautlos wie möglich zuzog.

„Mike, wo bist du?", rief Niobe und sah sich
um.

„Ist er das? Da, auf dem Boden."

„Nein, das ist ein mieses Arschloch", zischte
Niobe und versetzte dem Toten einen
Fußtritt.

Wer ist das?, überlegte Mike und wartete.

Niobe beugte sich unter das Bett.

„Nichts."

„Ich schau mal im Bad und in der Küche
nach!", rief Gabriele.

Unschlüssig wartete Mike.

„Nichts", sagte Gabriel und trat aus der Küche.

„Vielleicht haben ihn die Schweine abgeholt", mutmaßte Niobe.

Vertieft in ihre Gedanken, sahen sie nicht, wie Pauls Oberkörper plötzlich in die Höhe schnellte. Ein Schlag in Gabrieles Kniekehle, gefolgt von einem Kinnhaken, ließ ihn zu Boden taumeln. Paul stand aufrecht, beide Arme ausgestreckt, seine Hände um Niobes Hals. Mit diesem Bild im Kopf verlor Gabriele das Bewusstsein.

Kampfgeräusche, was ist da los?, dachte Mike und umklammerte den Griff des Messers mit beiden Händen.

Niobe starrte in die toten Augen ihres Peinigers. Ihre Füße schwebten über dem Boden. Sich ihrer Situation bewusst, setzten die Überlebenstriebe ein. Ein Fußtritt nach dem anderen in Pauls Weichteile brachten keinen Erfolg. Gnadenlos drückte er ihr die Kehle zu.

Scheiße, da stimmt etwas nicht!, fluchte Mike und öffnete die Schiebetür.

„Unmöglich", stöhnte er, verlor das Gleichgewicht und stürzte zu Boden.

Niobe wehrte sich – vergebens. Ihr Kopf färbte sich in ein dunkles Rot.

Lange werde ich nicht mehr durchhalten, dachte sie und verstärkte ihre Gegenwehr. Das alles sah Mike vom Boden aus - und endlich handelte er. Mit einer Hand packte er Pauls Bein und zog sich in die Höhe. Mit der anderen rammte er das Messer mit aller Kraft in Pauls Oberschenkel.

„Du kommst auch noch dran", lachte Paul. Seine Stimme klang total fremd. Ein Fußtritt traf Mike unerwartet. Mit dem Hinterkopf knallte er gegen die Wand. Der Ohnmacht nahe versuchte er zu verstehen, was hier vorging. Der Todeskampf der Frau ging dem Ende entgegen. Endlich begriff er, dass es sich um die geheimnisvolle Niobe handelte. Seine Augen suchten nach dem Pfarrer Gabriele und fanden ihn unter dem Schreibtisch liegend.

„Ich muss sie retten", stammelte er und sah das Messer in Pauls Oberschenkel. Er schien den Schmerz zu ignorieren.

„Ich brauche etwas Anderes", murmelte Mike.

Niobes Gegenwehr erlahmte. Leblos hing sie in Pauls Händen. Mike zerrte an dem Kabel, das ihn vom Chip erlöste. Mit einem Stoßgebet, dass die Sicherung hielt, drückte er die losen Enden auf Pauls Wade.

„Scheiße, zu kurz!", fluchte er und schaute auf die fehlenden fünf Zentimeter.

- — -

Schweiß lief von seiner Stirn, er ignorierte es. Genau wie alles andere um ihn herum. Gefangen in seinem Handeln, erlaubte er sich ein siegessicheres Lächeln.

- — -

Blitzartig drehte Mike sich um. Zu schnell für seinen Zustand. Er wehrte sich erfolgreich gegen das Erbrechen und den Schwindel. Wie durch einen nebligen Vorhang verfolgte er das Kabel und sah den

Pfarrer, der mit seinem Körper auf dem Stromkabel lag.

Gabriele öffnete die Augen und sah in die eines Mannes, der vor ihm am Boden lag. In der Hand hielt er ein Kabel mit losen Enden.

„Das war's, du Miststück!", kreischte eine Stimme, die er nicht kannte. Sein Verstand setzte schlagartig ein. In völliger Klarheit erkannte er die Situation. Blitzartig verlagerte er seinen Körper und gab das Kabel frei.

Mike drehte sich zurück, zog Pauls Hose in die Höhe und drückte die stromführenden Enden auf die nackte Wade.

Zu langsam für das, was er vorhatte, stemmte sich Gabriele in die Höhe. Schwankend lief er am zitternden Körper von Paul vorbei und gab Mike ein Zeichen.

Mike nickte, unterbrach den Stromschlag und sah, wie Niobe in Gabrieles Armen landete.

- — -

„Nein, wie ist das möglich!", schrie er und unterdrückte den Schmerz, der seinen Körper durchflutete. Die Kerzen erloschen, aber er gab nicht auf. Mit aller Macht stemmte er sich gegen das Unvermeidliche.

- — -

Kreischend fiel Paul zu Boden. Mike hechtete vor, steckte das Kabel in den offenen Mund und robbte in Sicherheit. Funken sprühten aus den Körperöffnungen. Mit einem hässlichen Geräusch zerplatzten die Augäpfel. Brandgeruch, vermischt mit Ausscheidungen, fluteten das Zimmer. Mike würgte. Mit einem lauten Knall verabschiedete sich die Sicherung und es wurde finster. Das kleine Notlicht ließ Mike nur schemenhaft erkennen, dass Niobe auf dem Boden lag und der Pfarrer sich über sie beugte.

„Herr, hilf mir, sie darf nicht sterben!", schrie er und setzte die Mund-zu-Mundbeatmung fort.

- — -

Sein Körper zitterte. Widerwillig lockerte er die Verbindung. Ein letztes Handeln war nötig.

— — —

Pauls Körper lag starr am Boden, kleine blaue Blitze zuckten aus seinen verbrannten Mundwinkeln.

„Wer, oder was, bist du?", flüsterte Mike.

Vom toten Körper löste sich eine schwarze Wolke. Langsam schwebte sie auf ihn zu. Vor seinem Kopf verharrte das Gebilde. Zwei glühende Punkte inmitten der Wolke fixierten ihn.

„Diese Schlacht haben wir verloren, den Krieg noch lange nicht. Die Finsternis wird siegen, wenn nicht heute, dann eben morgen."

Das höhnische Gelächter löste sich mitsamt der Wolke auf.

EPILOG

„Wie geht es dir?", fragte Mike, der neben Niobes Krankenbett saß.

„Ich bin etwas durcheinander", flüsterte sie.

„Kann ich verstehen."

„Ich weiß nur noch die Sache mit Paul."

„Es ist vorbei, auch mit Paul, endgültig."

„Und Gabriele?"

„Der ist auf Dämonenjagd."

„Er hat seine Passion gefunden."

„Oh ja. Jetzt erst recht."

„Melanie?"

„Hat einen Megaabgang hingelegt, erzähle ich dir später."

„Und wie geht es mit dir weiter?"

„Ich habe morgen einen Termin beim Konzern für eine zweite Chance. Und was wird aus dir?"

„Ich weiß noch nicht. Vielleicht Anonymous."

„Keine schlechte Idee, aber zuerst lade ich dich zu einem Date ein", grinste Mike.

„Das ist das Mindeste", lächelte Niobe und schlief wieder ein.

„Das mit dem Chip kann warten", flüsterte Mike und strich ihr liebevoll die lila Strähne aus dem Gesicht.

ENDE

INFO ZUM AUTOR

Die Thematik „Horror" faszinierte mich, seit die Saga des dunklen Turms zu mir fand. Weitere Bücher von Stephen King wurden regelrecht verschlungen. Trotzdem kam ich zunächst nie auf die Idee, auch in diesem Genre die Schreibfeder zu schwingen. Ein Chat in Facebook gab letztlich den entscheidenden Anstoß. Zuerst entstanden dreizehn Kurzgeschichten. Andere Projekte in den unterschiedlichsten Genres schafften es nicht, mich vom Thema „Horror" zu befreien. Die dunkle Seite in mir ließ nicht locker. Es folgten weitere dreizehn Geschichten und – Sie ahnen es schon – genau, der dritte Teil ist im Jahre 2024 erschienen. Es gab kein Zurück mehr und es kam, wie es kommen musste. Umklammert von den Fesseln des Horrors, erschuf ich dieses Werk. Erleichtert, gaben sie mich nach der Veröffentlichung wieder frei.

Zum Glück verflüchtigten sich die Albträume, und endlich bin ich in der Lage, andere Projekte in Angriff zu nehmen.

Welche genau? – Keine Ahnung.
Die Wege des Autors sind auch für ihn selbst meist unergründlich.

Ich wünsche mir, nicht nur auf das Genre „Horror" reduziert zu werden. Gerne lade ich Sie deshalb ein, meinen kompletten geistigen Fundus auf www.huberskarl.de zu erforschen.

WEITERE WERKE

Horror:

13 Horror-Geschichten
…und wieder 13 Horror-Geschichten
Weitere 13 Horror-Geschichten
3 x 13 Horrorgeschichten
   in einem Sammelband

Science-Fiction

Galaxy Rulers-Reihe Teil 1
Galaxy Rulers-Reihe Teil 2
Galaxy Rulers-Reihe Teil 3
Galaxy Rulers-Reihe Teil 4
Galaxy Rulers-Reihe Teil 5
Galaxy Rulers-Reihe Jaka (Prequel)
Die oberste Direktive
(SF-Kurzgeschichten)
Sam, der Erste seiner Art

Satire

Erinnerungen
Urlaub, oder was?

LETZTE SEITE

Das war eine Geschichte vom freundlichen

Herrn Karlheinz Huber.

Über ein Feedback, dem Applaus des

Autors, unter

leseecke@huberskarl.de oder

huberskarl@gmx.de

würde ich mich sehr freuen.

Übrigens, jedes Sternchen auf Amazon,

Thalia,

oder wo auch immer, zählt.

www.huberskarl.de.